PRIX CLUB DES LECTEURS

Ce livre a été lu en avant-première par des lecteurs et libraires de la France entière, membres des Clubs des Lecteurs J'ai lu. Chaque mois, ces passionnés se réunissent pour partager leur amour des livres. Cette année, ils vont plus loin en élisant leur livre préféré parmi six romans.

Librairie Lagon Noir à Aix-en-Provence (13)
Brigitte, Caroline, Charlotte, Delphine, Kenza, Lucile, Nathalie, Stéphan

Espace Culturel E.Leclerc à Gouesnou (29)
Annaïg, Brigitte, Christine, Claudie, Françoise, Gwen, Hélène, Inès, Isabelle, Karine, Marion, Morgan, Nathalie, Nelly, Virginie

Librairie Olbia à Hyères (83)
Danielle, Françoise, Jessica, Lucie, Marcello, Maryse, Monique

Librairie un point un trait à Lodève (34)
Agnès, Cécile, Christelle, Colette, Cynthia, Élisabeth, Hélène G., Hélène T., Isabelle M., Isabelle P., Magali, Maud, Marie, Marie-José, Marion, Martine, Palma, Raoul, Sarah B., Sarah R., Stephan

Librairie-papeterie Colbert à Mont-Saint-Aignan (76)
Brigitte, Catherine, Christiane, Christine, Jérôme, Monique, Odile

Librairie Forum à Saint-Étienne (42)
Camille, Cécile, Clémence, Dominique, Edina, Fernando, Isabelle, Marie, Raphaël, Samia, Stéphanie

Cultura à Venette (60)
Delphine, Gwenaelle, Isabelle D., Isabelle N., Maryline, Noémie, Régine, Sylvie

Retrouvez toutes les informations sur le prix, la sélection et les clubs sur le site des Éditions J'ai lu: www.jailu.com

La maison Poussière

VALÉRIE PÉRONNET

La maison Poussière

ROMAN

J'AI LU

Oh, oh,
Quel est ce petit bruit ?
Un débris de baiser
Fracassant la mémoire
D'un passant, là, dans l'existoire.

Richard DESJARDINS

1

C'est un hiver très dur. Un hiver de pluie, de neige et de vents glacés qui font craquer les murs et souffrir les toitures. De noirceurs interminables, de ciels fous. Un hiver sans mots, sans douceur, sans personne.

Elle tourne en rond, de la cuisine à la chambre. Bourre les fourneaux de bois, ras la gueule, en espérant que ça suffira. Ça ne suffit jamais, même quand ils se mettent à feuler comme des fauves en colère. Alors elle bouche le bas des portes avec de vieux chiffons, comme si ça pouvait arrêter le froid. Elle tire les rideaux, même dans la journée. Remplit la bouilloire toute cabossée pour faire chauffer de l'eau. Rallonge le thé très noir dans la théière ébréchée, qu'elle boit avec du lait et du miel, dans la tasse rose de Dumontine, les paumes cachées dans ses mitaines, les doigts collés contre la porcelaine pour faire passer l'onglée.

Même quand ça dégèle dehors, elle a froid. De toute façon, ça ne dure jamais longtemps.

Le vent se lève à nouveau, et la bise du Grand Nord vient replanter ses crocs de louve dans tout ce qui se trouve sur son passage. Une nuit, elle a même entendu claquer les roches du jardin. Exactement le son qu'elle imaginait quand sa grand-mère disait en se rapprochant du feu jusqu'à donner l'impression de vouloir s'y jeter : « Il gèle à pierre fendre. »

Eh ben voilà : fendues.

Ces jours-là, après ces nuits-là, les arbres semblent figés à jamais, prêts à voler en éclats au moindre souffle de vent.

Elle est complètement seule. Un matin, elle s'est demandé depuis combien de temps elle n'avait pas ouvert la porte d'entrée, caparaçonnée de vieux journaux derrière le gros rideau de velours, lourd comme au théâtre mais rose bonbon comme dans une pouponnière. Tout haut, pour entendre le son de sa voix. Chaque jour, elle vérifie qu'elle a encore une voix : elle se gratte la gorge et commence par un murmure pour ne pas s'apeurer de ses propres borborygmes. Elle choisit un mot qu'elle aime bien – hier, c'était *goéland* – et le prononce de plus en plus fort, jusqu'à le hurler, parfois, pour couvrir le bruit du vent. Elle enchaîne avec un autre mot, puis un autre, puis un autre encore, comme dans la litanie des *Trois p'tits chats*, quand elle était petite. Jusqu'à ce qu'elle cale. *Goéland. Lentement. Menterie. Riz au lait. Let it be. Birmingham. Game over…*

Quand elle en a envie, souvent, elle enfile sa vieille salopette par-dessus un gros collant de laine, son chandail sans forme aux poignets effilochés et un énorme pull à col roulé violet, couvert de taches de peinture. Et elle monte à l'étage pour gratter. Elle en est à la chambre bleue. À la fin de l'automne, elle a poussé le lit au fond du couloir, déménagé la commode, décroché les rideaux dont les fleurs avaient disparu sous la poussière et sous l'effet des rayons du soleil, une décennie après l'autre. Elle n'aurait jamais su, pour les fleurs, si elle n'avait pas retrouvé dans le placard du fond caché dans la tapisserie, qu'elle a découvert en grattant, une chute de tissu que Dumontine avait précieusement roulée et empaquetée dans son papier d'origine. Le tissu a craqué sous ses doigts lorsqu'elle l'a déplié – « Ronald Surprenant père et fils, textiles de qualité » –, un somptueux motif Art déco composé de toutes sortes de bleus, avec une pointe de vert et d'or. À peine jauni sur les pliures.

Elle a soigneusement remballé le tissu, avec l'air de savoir exactement quoi en faire. Plus tard. Parce que pour le moment, clairement, son objectif était de gratter : le papier peint sur les murs, la crasse et la poussière sur la plaque de la cheminée et le grand miroir piqué, la peinture écaillée sur les plinthes et les huisseries. Et la colle restée sur le plancher après qu'elle a arraché l'horrible moquette rougeâtre en gueulant tout ce qu'elle pouvait :

— Putain de bordel. Quelle connerie d'avoir collé cette merde. Fait chier.

Dans le fond, elle gueule pour le principe. Elle a bien vu, cet été, que gratter lui fait un bien fou. Dès son arrivée, elle s'est attaquée à la salle de bains, après avoir déclaré bien fort dans le vestibule, comme si tout un public était pendu à ses lèvres :

— Bon, d'abord la salle de bains. Après, la cuisine. Et ensuite ma chambre. Comme ça, je serai parée pour l'hiver.

Elle a commencé par le carrelage. Carreau par carreau, un rouge, un blanc, un rouge, un blanc, à genoux sur un vieux coussin, gants en caoutchouc rose. Concentrée. Les cheveux attachés haut sur le crâne, sa sueur en goutte-à-goutte sur le sol en damier.

Ça lui a pris quatre jours, du matin au soir. Et trois de plus pour décrasser le lavabo et la baignoire, et changer les joints. Elle sait tout faire, cette fille-là. Son plaisir, quand elle s'est offert sa première douche, fière comme une reine dans son écrin d'émail rutilant ! Une semaine supplémentaire pour faire sauter la laque des lattes de pin qui recouvrent les murs, et deux jours pour la fenêtre à guillotine, qu'elle a peinturée dans la foulée, après avoir remplacé la moustiquaire crevée. Mi-juillet, la salle de bains était comme neuve. Ou plutôt toujours aussi vieillotte, mais beaucoup moins décatie, pimpante comme une vieille dame endimanchée. Pour fêter ça, elle s'est fait couler un bain dans lequel elle s'est lovée avec délice, fenêtre ouverte pour écouter le soir s'emparer du jardin. Le vétiver de la savonnette se mélangeait avec les odeurs de térébenthine et les effluves de l'herbe après la pluie. Tout semblait apaisé.

Les jours suivants, elle a pris d'assaut la cuisine. Lavé l'intégralité de la vaisselle, dégraissé les casseroles et les ustensiles, qu'elle a entreposés méthodiquement sur le perron-galerie. Trié et nettoyé toutes les conserves, les pots de miel et de confiture, les bouteilles de sirop, de vin, de vinaigre, de breuvage. Jeté des quantités de provisions périmées. Rangé dans des boîtes propres ce qui pouvait encore être consommé. Une fois les placards vidés, elle a tout lessivé. Chaque recoin récuré avec obstination, insistance. Obsession. Avant de gratter à la raclette la vieille peinture tellement cuite qu'on ne pouvait plus imaginer sa couleur d'origine : blanc ? beige ? jaune ? Elle a tranché, et tout repeint d'un beau crème laqué faisant ressortir le Formica bleu profond des placards et de la table. Début août, la cuisine était aussi pimpante que la salle de bains, belle comme au premier jour. Peut-être plus, même, parée de cette patine discrète qui aurait sûrement fait capoter Dumontine.

Elle travaille fort et semble s'y connaître, pas qu'en grattage. Ses gestes précis, son organisation méthodique, sa détermination. Je ne suis certainement pas son premier chantier. Le plus frappant, c'est sa compréhension intime de l'esprit du lieu, et sa manière de me respecter, et même, peut-être, de me ressusciter. Rien de tape-à-l'œil. Ses choix sont modestes, discrets, étonnamment justes. Comme si elle savait, mieux que quiconque, ce qui me convient. Comme si elle connaissait, mieux que quiconque, cet endroit que pourtant elle ne connaît pas.

La façon dont elle a redonné vie à la grande chambre du fond est spectaculaire. Depuis presque toujours – enfin, je sais exactement depuis quand, mais c'est pas le temps d'en parler –, cette pièce était un vaste rebut, rempli de patentes sans vie, de meubles boiteux, de cartons d'abandon. Pourtant, elle l'a choisie, immédiatement.

Trois jours pour descendre tout le fatras dans le jardin. Au milieu duquel elle a trouvé le grand lit gris clair, délavé et démonté. Deux coffres de vêtements qu'elle trierait plus tard, une malle d'osier remplie de draps jaunis. Un immense tableau étrange qu'elle a reluqué un long moment en lui demandant :

— T'es beau ou t'es moche, toi ?

Il semble qu'elle n'ait pas pu trancher. Des tapis mités, qu'elle a passés au feu. Des caisses de livres et de papiers, trois pieds de lampes de guingois aux abat-jour dépenaillés. Toutes sortes de boîtes en carton, en ferraille, en bois peint, qu'elle n'a pas ouvertes. Des bébelles et des gogosses en masse qu'elle a extirpées des placards.

Elle a dégagé la fenêtre du fond, obstruée par une vieille armoire chambranlante. Reculé jusqu'à la porte pour vérifier ce qu'elle avait pressenti et murmuré :

— J'en étais sûre.

Elle a tout de suite compris que cette pièce est la plus belle de l'étage, avec sa triple exposition et son poêle en faïence blanche.

Elle a passé le reste du mois d'août à lessiver le parquet, décaper murs, portes et fenêtres, gratter, cirer. Peinturer les bois du lit, lui fabriquer un sommier à lattes, battre le matelas pour qu'il dégorge ses années de poussière. Laver les draps, plusieurs fois, séchés au grand air sur le fil du jardin, et même une nuit à la lumière argentée de la pleine lune pour qu'ils retrouvent leur blancheur. Frotter légèrement avec une brosse humide, jusqu'à leur trouver une jolie couleur rose orangé subtilement passée, la paire de fauteuils du salon, qu'elle a fait sécher au soleil avant de les monter pour les installer devant le petit poêle blanc.

Quand elle l'a ouvert, elle a découvert avec stupeur qu'il était absolument neuf : pas la moindre trace de suie. Sur son flanc droit, une fine étiquette de cuivre qu'elle a frottée pour la faire briller annonçait : « Placide Ladouceur – foyers et cheminées – Montréal – 1904 ». Ça l'a fait glousser :

— Ha ha ha ! Ladouceur du foyer !

Après avoir vérifié qu'il était relié à un conduit, elle a tenté une première flambée, prudemment. Un peu de boucane, le temps qu'il chauffe, et puis il s'est mis à tirer en ronronnant vaillamment. Elle a tendu les mains vers lui pour sentir s'il diffusait bien la chaleur escomptée, avant de soupirer :

— Miracle !

Raclement. Menthe à l'eau. À l'hosto. Tôt ou tard. T'ar ta gueule à la récréééééé. J'ai dix ans ; je sais que c'est pas vrai mais j'ai dix ans…

La fin de l'automne, elle l'a passé à mettre de l'ordre dans le jardin. Tailler, nettoyer, organiser. Jeter aux vidanges ce qui traînait depuis des lustres. Et amasser dans l'entrée du sous-sol tout ce dont elle aurait besoin pour affronter l'hiver, en plus du bois à brûler. Sur ce point au moins, elle est parée : les deux pièces de la cave sont gavées du sol au plafond du bois de ce qui restait de la maison d'Émerencienne.

Quand les feuilles des frênes et des ormes ont commencé à roussir, elle était prête. Salle de bains, cuisine, chambre, entièrement réaménagées, saines et confortables. Fourneaux en état de marche. Placards pleins. Et dans l'entrée du sous-sol, en plus des provisions pour tenir un siège, assez de peinture en stock pour refaire les deux autres chambres, le couloir, l'escalier, l'entrée et le salon d'ici le printemps. *Y a plus qu'à. Cacao. Ordinaire. Nerf de bœuf. Bœuf en daube. Doberman. Manivelle.*

Il ne gèle pas encore très fort. Il a neigé une fois ou deux, plus quelques petites poudreries, juste pour donner le ton. Plus l'hiver arrive dehors, plus elle se sent bien dedans. La preuve : elle chante de plus en plus souvent.

Quand je suis arrivée, je l'ai trouvée très saine. Décatie, bizarre, bariolée, mais saine. Le toit avait été refait peu de temps avant, aucune trace de moisissure ni d'humidité. Ça m'aurait découragée, je crois. Là, il fallait seulement tout nettoyer et tout rafraîchir. Ça, pour rafraîchir, ça m'a rafraîchie. Mais pas tout de suite. Au début, il s'agissait de faire un grand, énorme, immense ménage, avant de tout repeindre. Pas de quoi paniquer. La technique, c'est d'avancer pièce par pièce pour ne pas se faire écraser par l'ampleur de la tâche. J'avais tout l'été et tout l'automne devant moi : j'ai commencé par la salle de bains, parce qu'il n'y a rien de plus déprimant que de ne pas pouvoir se laver après une grosse journée de chantier. Et puis la cuisine, histoire de ne pas mourir empoisonnée par la crasse accumulée depuis... depuis quand, d'ailleurs ? Pas trop d'idées sur la question. À vue de nez, je dirais qu'elle date de la fin du dix-neuvième. Et, d'après ce que j'ai trouvé sous ma raclette, il est probable que personne, avant moi, n'ait songé à la repeindre.

Quel bordel, cette cuisine ! On aurait dit la cuisine-maison de poupée que j'avais découverte, un été, au fond d'une caisse oubliée dans le grenier des grands-parents. Tout en vrac, à moitié déglinguée, mais remplie de trésors. J'avais passé des heures et des jours à tout rafistoler, trier les pots miniatures par contenu, refermer les boîtes, organiser les étagères. Je me souviens de l'odeur, un mélange de carton poussiéreux et de gâteau un peu trop cuit. Et du crissement du papier cristal, fragile comme de la dentelle, en déballant les mini-accessoires entassés au fond de la caisse.

C'est pareil, ici, mais en grand. Comme si j'avais rapetissé pour être à la taille de la maison de poupée. À moins que ce ne soit elle qui ait grandi. Va savoir…

C'est exactement ce qu'il me fallait : une masse de travail et le voir avancer. Comme dans la salle de bains, un carreau après l'autre, et savourer, contempler le damier qui change de couleur. La satisfaction de découvrir le résultat, comme dans les émissions de télé où on montre les transformations de chirurgie esthétique ou de relooking : avant/après. Là, c'est moi qui l'ai fait.

Mais bon, la salle de bains, à côté de la cuisine, c'était du petit jeu. Vieille et fatiguée, peut-être, mais parfaitement vide. J'ai bien senti, en grattant, que j'étais dans le rien. Neutralité absolue. Du carrelage, de la faïence et de l'eau de Javel. Un bon coup de peinture et on n'en parle plus.

Les pièces de vie, c'est autre chose. Même si je ne veux pas le savoir, je le sais quand même : la plus infinitésimale des parcelles de quoi que ce soit que je touche semble avoir un truc à raconter. Et moi, les trucs à raconter, non merci. Je veux bien gratter la crasse, à condition de ne pas savoir d'où elle vient ni ce qu'elle trimballe.

C'est pour ça que j'ai choisi la grande chambre du fond. Bon, pas que pour ça : ça sautait aux yeux que c'était la plus belle. La plus claire, la plus vaste, la mieux proportionnée. Mais surtout la moins habitée. J'ai senti tout de suite qu'il n'avait pas dû se passer grand-chose dans cette chambre-là. La preuve : le poêle n'a jamais servi. Blanc comme neige. Je n'ai eu qu'à frotter la plaque de cuivre. Cette pièce, on dirait un vaste débarras sans âme et sans histoire. Exactement ce qu'il me faut.

Je l'ai repeinte en blanc ; en rien. Je ne sais pas trop qui habitait ici, mais visiblement, on aimait les teintes vives. C'est bizarre, d'ailleurs, cette explosion de couleurs plutôt moderne dans un décor complètement suranné. Même délavées, elles en mettent encore plein les mirettes. Moi, ça me fatigue. C'est pour ça que j'ai opté pour le blanc.

Ça repose, le blanc.

Du coup, quand les deux crapauds de l'entrée ont repris des couleurs, je les ai montés là-haut. Posés de chaque côté du poêle, ils ressemblent aux deux joues roses d'un visage ; quand j'entre dans cette chambre, on dirait qu'elle se marre. Ça en fait au moins une qui rigole.

Elle est tellement grande qu'elle me sert aussi de salon. Enfin, de pièce à vivre. Enfin, d'endroit où me poser quand j'en ai assez d'être dans la cuisine. Un salon, il y en a un en bas, mais je ne veux pas y aller. Pas pour le moment, en tout cas. J'ai suffisamment à faire avec le reste, pas envie de m'encombrer avec ça. La porte, je l'ai ouverte une fois. Il fait noir comme dans un four là-dedans. Les fenêtres sont obstruées, y compris le bow-window ; je ne sais pas ce qu'ils ont voulu cacher ou protéger. Et je ne veux surtout pas le savoir. J'ai seulement vérifié que ça ne sentait pas le moisi. Mais non, juste la poussière.

Ça a l'air d'être plus ou moins rempli de meubles et de cartons. Je crois que le mur du fond est tapissé de livres, mais je n'ai pas regardé. C'est au-dessus de mes forces, toutes ces choses. Je n'ai pas besoin de ça. Et surtout pas d'un *living*. Je ne suis pas ici pour *liver*, je suis ici pour gratter. Manger, me laver, dormir, ne pas mourir de froid et gratter. J'ai tout l'étage qui m'attend. Plus l'entrée, le couloir et l'escalier. Je ne vois pas ce que je ferais d'un salon. *Longtemps. Temps mort. Mords-moi le nœud. Nœud coulant. Lentement. Mandarine. Rhinocéros. Rostropovitch.*

Rostro. Son prélude en boucle durant des jours et des jours. Comme le vent qui semble vouloir souffler jusqu'à la fin des temps. J'avais dit pas de musique. Pas de radio, pas de télé. Mais la musique dans ma tête, je ne sais pas comment l'arrêter. L'archet de Rostro qui me scie le cerveau avec son Bach, jour après nuit.

Le seul moyen de le faire taire, c'est la raclette. Gratte. Gratte. Gratte.

J'aime bien aussi l'odeur de la peinture, quand elle prend toute la place, y compris celle de Rostro. Je la sens progresser dans ma boîte crânienne, un peu comme lorsque je vois progresser la couleur sur le mur ou sur le plancher que je suis en train de peindre. La peinture, c'est un shoot intégral, un voyage intérieur/extérieur. Au bout d'un moment, à force de badigeonner, tu fais corps avec ce que tu peins. Tu es les lattes, les fibres, les plinthes. Les fissures, les moulures, le plâtre. Les poils du pinceau qui s'immiscent dans chaque interstice. Tu te laisses absorber et tu n'es plus rien. Juste une couleur, une matière. Une couche supplémentaire.

Je ne pensais pas que ce serait si simple. En fait, c'est comme une course de fond : tu te lances, et puis tu avances, sans penser à rien. À rien d'autre qu'à avancer. Surtout ne pas se demander quand on arrive. Ni combien de kilomètres, combien de temps il reste, et pourquoi on fait ça. Ne pas sentir si on a mal ou si on peine. Aucune question. Seulement avancer. Avancer. Avancer. À un moment, tu tombes, mais tu es tellement sur ta lancée que tu ne t'en rends même pas compte. *À rebours. Bourre la gueule. Gueule de loup. Loup-garou. Roubignoles.*

Perdu.

Elle fait souvent ça. Tous les jours, même. Elle s'agite, elle s'agite, et puis paf, elle tombe, très lentement, comme si on la débranchait. Parfois, c'est sur la table de la cuisine : elle s'endort une tasse à la main, s'affale doucement sur le Formica. Son front atterrit sur son bras, et elle caille là, en quelques instants. Au bout d'un moment, elle se met à ronfler un peu, ou à siler souvent, comme un chiot malheureux. Si ça ne la réveille pas, c'est le froid qui s'en charge. Le fourneau faiblit, la température dégringole, et tout à coup, elle se redresse en grelottant. Elle remet du bois dans le foyer, rince sa tasse, fait claquer une ou deux portes du garde-manger, peut-être pour s'assurer qu'elle est bien vivante, et puis elle monte se coucher dans la chambre du fond. Mais pas tout de suite : elle doit d'abord recharger le petit poêle blanc, poser dessus la vieille bouillotte en laiton qu'elle a récupérée dans le placard de la salle de bains, trouver le courage de se mettre en pyjama.

Elle s'affaire comme si c'était urgent, avec des gestes brusques, presque essoufflée. Elle s'affaire, elle s'affaire, et puis elle retombe, dans son lit cette fois.

Je n'ai jamais vu ça. Elle est complètement seule. Infiniment seule. Totalement désertée par tous, absolument absente du monde, dont rien ne parvient jusqu'à elle à part le froid dément et les hurlements de l'hiver, sans fin.

En fait, je crois qu'elle est morte. Encore plus morte que moi.

Dès qu'elle est arrivée, elle m'a semblé bizarre. Presque pas de bagages – juste une vieille valise remplie de vieux vêtements. Un regard ailleurs, vide, absent. Et sa manière de répondre à peine aux quelques visiteurs qui ont défilé au début, pas longtemps. L'employé d'Hydro-Québec, pour rétablir l'électricité. Le livreur de Rona, pour déposer sa panoplie de super-bricoleuse et ses tonnes de peinture, puis celui d'IGA, avec ses sacs d'épicerie. Elle les a reçus presque sans un mot ; même pas sûr qu'ils aient réalisé qu'elle parle avec l'accent français.

J'ai bien saisi qu'elle n'aime ni magasiner, ni placoter, ni sortir : elle n'a jamais franchi la limite de la cour depuis qu'elle est là. Comme si le reste du monde n'existait pas. Ça encore, je peux le comprendre, ça arrive, d'avoir envie de s'enfermer. Mais elle a fait une chose bien plus étrange : elle ne m'a pas visitée. Comme si, dans le fond, je n'existais pas non plus.

Elle s'est attaquée à moi sans faire connaissance. Elle a poussé les portes – et encore, pas toutes – sans aucune curiosité. Choisi sa chambre presque par défaut. Vidé les placards, les tiroirs, les garde-robes, sans porter le moindre intérêt à ce qu'ils contenaient. Trié mes choses machinalement, comme si elles non plus n'existaient pas.

Utilitaire.

Voilà, c'est le mot : je suis, pour elle, purement utilitaire. Elle me gratte, elle me frotte, elle me brique, elle me décape, elle me repeint, elle me ravale du sol au plafond, elle s'empare de moi, mais elle ne me voit pas.

Elle est là depuis des semaines, à s'agiter de haut en bas, sans mettre le nez dehors, mais elle ne m'habite pas. Du tout.

Le vent a soufflé toute la nuit. Et les jours d'avant, et les nuits d'avant. Et puis, ce matin, plus rien. Par la fenêtre, à travers le double vitrage aux rebords tapissés de glace, je vois les stalactites goutter depuis le toit du perron et j'ai l'impression de goutter moi aussi, de me diluer lentement pour devenir flaque et glisser à travers les lames du plancher, jusqu'à la cave où la terre battue finira par m'absorber.

Les jours comme aujourd'hui, après les nuits comme la nuit dernière, les arbres du jardin semblent aussi fragiles qu'une dentelle de verre soufflé, prêts à s'effriter au moindre contact. Et quand par miracle le soleil parvient enfin à bleuir le ciel, ils se mettent à scintiller telle une carte de vœux saupoudrée de paillettes. Je devrais trouver ça beau, mais je vois juste la peur. La peur de m'effriter moi aussi. Comme un collier qui casse et gicle pour s'éclabousser au sol, dans un fracas de perles.

Quand le vent se calme, j'entends les camions. Ou plutôt, je les sens. Ils font trembler les vitres, les meubles et jusqu'au plancher. Je me demande combien il en passe par jour. Par heure. Par minute même, à certains moments. C'est fou qu'ils aient tracé cette autoroute si près des habitations. Presque au ras. Chez nous, ils auraient contourné. Ou exproprié et rasé. Mais ici, non. On construit au bord des routes – et vu la quantité de neige à déblayer chaque hiver juste pour pouvoir sortir de chez soi, ça se comprend. Au fil des ans, celle-ci a dû s'élargir, doubler, tripler, quadrupler. J'ai compté huit voies, cet été. Et elle, posée là, au bord de la fureur, qui tremble de tout son bois du matin au soir.

C'est sûrement pour ça que je me retrouve ici. Quelle personne normale voudrait habiter dans un endroit pareil ?

Moi, je m'en fiche, je n'entends pas. J'ai réussi : plus rien ne m'atteint. Blindée. Imperméable à tout, ça fonctionne même pour les camions et la circulation automobile. La vie est plus supportable quand on est hors d'atteinte et qu'on ne se pose pas de questions. Ou alors que des questions simples, du genre : comment faire pour que le poêle ne s'éteigne pas ? Quel livre relire aujourd'hui ? Avec quoi agrémenter les restes d'hier pour obtenir un frichti acceptable qui me mènera jusqu'à demain ?

Et quand j'aurai fini la chambre bleue, j'attaquerai la jaune ou bien le palier, avant d'enchaîner avec l'escalier ?

Je n'ai aucune idée de la raison pour laquelle elle a atterri ici. Visiblement, elle est arrivée directement de France, mais pourquoi et comment ? Dumontine aurait pu s'expliquer, quand même, avant de partir. Toutes ces années à la protéger, à l'écouter, à l'accompagner, à faire corps avec elle et, à la fin, pas un mot. Comme si je n'existais pas pour elle non plus. Comme si nous n'avions pas passé toute sa vie ensemble. Comme si j'étais une part insignifiante de son histoire.

Je l'ai bien vue tourner en rond, fortiller dans ses papiers, s'agiter, les derniers temps. Mais j'ai perdu le fil : depuis la mort d'Émerencienne, elle me parlait de moins en moins, puis plus du tout, ni à moi ni à personne. Juste à elle-même. Je l'entendais marmonner. J'ai pu attraper quelques bribes, mais c'était mêlé comme un sac de clous. Rien de suffisant pour pouvoir en saisir la globalité. La dernière fois qu'elles ont bu le thé toutes les deux, Émerencienne a parlé d'un notaire et d'un généalogiste. Elles se sont presque chicanées. Dumontine n'avait pas l'air convaincue, mais ça fait si longtemps, maintenant. Elle a peut-être fini par se revirer.

Si au moins elle avait gardé le téléphone, j'aurais pu suivre un peu les conversations. Mais non, madame a décidé de se couper du monde. De nous murer dans le silence. De faire cavalière seule, et tant pis pour moi. Elle a tout arrêté, même la musique. Ça fait plus de cinquante ans que le violoncelle du grand-père est enfermé dans son étui, coincé au fond du salon, comme un sarcophage attendant d'être mis au jour. Elle disait que c'était à cause de son arthrose, mais moi, je n'y crois pas. L'arthrose, ça empêche peut-être de jouer de la musique mais pas d'en écouter. Plus de radio, plus de phono, plus de télé non plus, elle a tout embarré. Moi, je dis qu'elle a décidé d'arrêter de vivre bien avant de mourir.

D'ailleurs, est-elle morte ? Personne ne m'a prévenue... En attendant, c'est moi qu'elle a transformée en sarcophage pendant toutes ces années.

Un jour, elle a disparu. Ça doit faire au moins dix ans, peut-être quinze. Depuis des semaines, elle viraillait de haut en bas, s'affairait, rangeait, triait, sauf la cuisine – ça ne l'a jamais beaucoup intéressée, la cuisine, c'était le domaine d'Émerencienne. Un matin, elle a vidé le réfrigérateur et les vidanges, purgé les tuyaux et coupé l'arrivée d'eau, disjoncté le compteur électrique ; elle a enfilé son manteau, ajusté son chapeau devant le miroir de l'entrée comme à son habitude, sorti sa valise sur le perron-galerie, et puis elle a barré la porte. Le cliquetis de la serrure a résonné dans le hall d'entrée comme dans une cathédrale. Un taxi l'attendait le long du trottoir. Elle a caressé la rambarde du perron, et un accoudoir de la chaise berçante sur laquelle elle avait fait tant de siestes en grinçant doucement, et puis elle est montée dans la voiture. Point final.

Je suis restée vide durant des années, le dernier cliquetis de clefs en écho à l'infini dans mon entrée, sans qu'il ne se passe rien. Des rôdeurs ont piqué la chaise berçante et la petite table du perron. Des squatteurs ont essayé d'entrer, plusieurs fois, sans y parvenir – les chiens de garde de la station-service d'à côté ont l'ouïe fine, ils se mettent à gueuler dès qu'ils entendent un bruit suspect. J'ai quand même eu droit à un tag de toute beauté sur mon pignon gauche. Ils s'y sont mis à quatre, une fin de semaine. Les chiens n'ont rien capté. Je me suis retrouvée décorée d'un énorme *dust* en lettres argentées, au milieu d'une poussière d'étincelles multicolores. Un peu trop anglophone mais néanmoins très à propos. Je ne sais pas si c'est un hasard ou s'ils l'ont fait exprès.

Un chantier après l'autre, une voie a été ajoutée à la route, puis encore une. La circulation est devenue de plus en plus dense sous mes fenêtres, qu'elle fait trembler de plus en plus fort, sans que ça ne change rien pour moi. J'ai résisté comme j'ai pu.

Une fois par an, un jardinier est venu débroussailler la cour.

Et puis il y a eu le petit couple d'amoureux qui avait pris l'habitude de se retrouver, un été, sur le banc qui rouille sous le lilas, pour se bécoter à l'abri des regards. Ça m'a valu un charmant cœur, délicatement gravé près de la porte de la cuisine, dans un endroit que seuls eux et moi connaissons. Une sorte de tatouage très intime. Il me plaît beaucoup, et je crois que Dumontine l'aurait aimé. Il est presque aussi joli que les petites étoiles que son Armand avait gravées pour elle au couteau sous la rampe, pile dans le recoin de l'escalier où il avait enfin osé l'embrasser. Elles sont toujours là. Peut-être qu'un jour, quelqu'un les trouvera...

Les premières gelées d'automne ont chassé mes amoureux. J'espérais bien les revoir au printemps suivant. J'ai guetté, en vain. Disparus, les tourtereaux. Peut-être qu'ils se sont désaimés ? Ou bien mariés ? À moins qu'ils n'aient trouvé un autre jardin, moins fou ou plus à leur goût.

Un été, il y a cinq ou six ans, juste après les vacances de la construction, une entreprise a débarqué pour repeinturer la façade – murs bleu-gris, rebords des fenêtres blancs, comme depuis toujours – et me faire un toit neuf. Pourquoi ? Comment ? Mystère. J'ai cru que Dumontine allait réapparaître, ou que quelqu'un d'autre viendrait s'installer, mais rien. Personne n'est entré, ni avant, ni pendant, ni après les travaux. Ils m'ont ravalée et refait la toiture, et puis ils sont repartis de même, sans rien dire et sans que ça change quoi que ce soit pour moi. Exactement comme elle fait présentement : on s'occupe de moi comme si j'étais une chose, sans âme. Comme si je n'étais pas là.

J'ai trouvé des photos dans la chambre jaune. Sans chercher, comme ça, par hasard. J'étais en train de faire le tour avant de me décider – j'hésite encore à commencer par le palier et l'escalier – quand j'ai découvert un placard, caché dans l'une des moulures du mur. Il y en a partout ici, des placards de ce genre, escamotés dans les recoins, à peine perceptibles. On ne sait pas si c'est par goût du secret ou pour ne pas « encombrer les lignes épurées de verrues disgracieuses », comme on dirait dans un magazine de déco. Je me fiche de la raison, mais, dans le fond, j'aime bien. Trouver par hasard, ça n'a rien à voir avec chercher frénétiquement et vouloir absolument savoir. Je ne veux rien savoir, moi. Mais si tu tombes sur des photos, la moindre des choses, c'est quand même de les regarder et d'essayer de comprendre de quoi il est question.

La première série, ce sont des vues d'ici. Elle, prise de l'autre côté de la chaussée, quand ce n'était encore qu'une route normale, presque un chemin, qu'on pouvait traverser à pied. On reconnaît bien la façade et le perron : rien n'a changé, à part les alentours. Le jardin est inexistant – à mon avis, elle vient d'être construite, on a l'impression qu'elle est posée au milieu d'un terrain vague. En revanche, le voisinage est méconnaissable : la route est bordée d'autres maisons, qui ont toutes l'air neuves elles aussi, et derrière, on dirait des champs. À la place de la station-service à droite, une charmante bâtisse en briques, de style anglais, avec des briques de parement peintes en blanc et deux colonnes pour soutenir l'auvent, comme on en voit sur les cartes postales de Montréal. Et à la place de l'usine électrique à gauche, une double maison en bois, un peu dans le même genre qu'elle, mais moins grande, mis à part une porte d'entrée extravagante, dotée d'une imposte, sans doute en vitrail et en bois, ressemblant à la couronne de la statue de la Liberté. Elle date de quand, la statue de la Liberté ? Faudra que je cherche. Elle semble peinte d'une couleur claire. Jaune, peut-être ? Ou vert pâle. Même si c'est un tirage en noir et blanc, on voit bien la différence : elle, il semblerait qu'elle soit déjà bleue, comme aujourd'hui.

Au bas d'une des photos, sur la bordure en carton dentelé, quelques mots délavés, écrits à la plume, avec une encre qui a dû être violette, autrefois. On dirait une écriture d'enfant. La première ligne dit : « route de Saint-Léonard, 1912 ».

Je me suis trompée : début du vingtième, finalement. Sur la ligne du dessous ne figurent que deux mots : « Émerencienne » sous la double maison claire et « Dumontine » sous la bleue.

Ils ont vraiment des noms à coucher dehors, dans ce pays...

C'est dingue de penser que ce quartier ressemblait à ça, il y a cent ans : à quelques encablures du centre de Montréal, une petite route de campagne le long de laquelle on construit des maisons neuves au milieu des champs. Qui pouvait imaginer la zone industrielle que c'est devenu en à peine deux générations ? On ne voit personne sur ces photos, et pas une voiture, là où il en passe aujourd'hui des milliers chaque jour. Forcément, depuis son perron, Dumontine a observé cette accélération du temps comme un film qui s'emballe. Parfois, c'est vertigineux le « progrès ».

Les autres photos se ressemblent à peu près toutes : c'est elle, à la même époque, sous des angles différents. Le pignon avec la fenêtre de la cuisine, le perron en enfilade, la porte de derrière qui mène au jardin qui n'est pas encore le jardin, et jamais personne dessus... Quand on sait comme c'était compliqué de faire des photos en ce temps-là, on se demande vraiment ce que la ou le photographe avait en tête. J'en ai quand même trouvé une autre, légèrement moins ancienne. La végétation a poussé, et on voit deux autos, assez floues, passer sur la route. On dirait des tractions avant. Le cadrage est un peu plus serré : elle trône toujours au centre de l'image, mais on distingue deux silhouettes devant le perron. Deux jeunes femmes qui posent en bibi, robe taille basse et petites chaussures à bride. Pur style années trente. Elles se ressemblent comme deux gouttes d'eau. Des sœurs jumelles, c'est sûr. La légende, d'une écriture bien plus ronde, indique « la maison de la Poussière ». Aucune idée de ce que ça peut bien vouloir dire...

L'autre série, ce sont des photos d'enfants, genre photos de classe. L'horreur. Une bouffée de panique m'a envahie. J'étais sur le point de les enfourner direct dans le petit poêle blanc, mais je me suis dit que ça ne se fait pas. On ne brûle pas des souvenirs comme ça sans au moins se demander si c'est ce qu'ils auraient souhaité. Surtout des souvenirs de gens qu'on ne connaît pas. Je les ai remises dans le placard.

Je vais attaquer le palier, finalement. La chambre jaune, on verra plus tard.

Il était temps ! Après des semaines à me besogner sans ménagement, elle a daigné, enfin, me porter un léger intérêt. Heureusement que Dumontine n'a pas fait le vide avant de disparaître, je crois que je serais passée directement par pertes et profits. Rasée de toute mémoire, sans même avoir été débarrassée. Comme la maison Pilon, dans la rue d'à côté. Une nuit, le vieux Pilon est parti en ambulance, la sirène et le gyrophare ont réveillé tout le quartier. Après, il ne s'est plus rien passé pendant des années. Enfin, plus rien, façon de parler : un couple d'itinérants a défoncé la porte de derrière pour s'installer, comme si c'était chez eux. La police a fini par les déloger, et toutes les ouvertures ont été condamnées. Affreux. On aurait dit une grande blessée, toute croche, borgne, grafignée de partout, couverte de vieux pansements crasseux, dont personne ne voulait plus s'occuper. La cour est devenue une vraie jungle, la façade a commencé à partir en lambeaux. Un désastre.

Et un jour, les bulldozers sont arrivés et l'ont jetée à terre. Rasée, écrapoutillée. Éradiquée, avec toutes ses choses à l'intérieur. Comme s'ils n'avaient jamais existé, ni le vieux Pilon, ni sa pauvre femme, ni elle, qu'ils avaient habitée toute leur vie.

Ça m'a virée à l'envers. Je ne comprends pas comment ils peuvent se comporter de même. Comme si nous n'existions pas, alors que nous sommes, justement, l'un des éléments essentiels de leur existence. Elle ferait quoi, elle, par un froid pareil si je n'étais pas là pour l'abrier, la réchauffer, la protéger ? Et aussi – inutile de faire comme si ça ne se voyait pas, hein – pour la contenir, l'occuper, l'accrocher à la vie ? Je ne sais pas d'où elle vient ni ce qu'elle a traversé – à part l'océan Atlantique, ça, ça ne fait aucun doute –, mais on sent bien que cette fille-là, y a pas grand-chose qui la raccroche à quoi que ce soit. Une chance que je sois si grande et si décatie : ça lui fait de l'ouvrage pour un moment. Une bonne raison de ne pas se laisser passer au bulldozer, elle aussi ; raser, écrapoutiller, éradiquer et mettre à terre avec tout encore à l'intérieur.

Et d'ailleurs, qu'est-ce qu'elle a à l'intérieur ? De la rage, sûrement, quand on se rend compte avec quelle ardeur elle étrille mes boiseries, avec quelle brutalité elle arrache mes tapisseries, avec quelle vigueur elle me peinture, une couche après l'autre.

Du chagrin aussi, j'en suis certaine. On ne peut pas être si seule sans être emplie d'un immense chagrin. Je l'ai vu cet été, quand elle décapait le plancher de la cuisine, sa sueur qui gouttait sur le sol. Il n'y avait pas que de la sueur. Elle avait les yeux dans l'eau souvent. Et même, elle sanglotait parfois. Et plus elle sanglotait, plus elle grattait. Et plus elle grattait, plus elle sanglotait. Quand ça durait trop longtemps, elle balançait la spatule, comme si c'était sa faute, et elle filait se coller sous la douche. Froide. En gémissant comme un animal blessé, jusqu'à ce que ça passe.

Après, elle se réchauffait au soleil, dans le jardin, recroquevillée autour d'une tasse de thé. Et puis elle se remettait à la tâche, doucement, jusqu'à ce que la hargne la reprenne. Sacres compris. *Putain de bordel. Deltaplane. Planisphère. S'faire la malle. Malappris. Prisonnier. Nier l'évidence. Densité. Tais-toi donc…*

Parfois, pas souvent, elle allume son téléphone. Pas pour parler, mais pour lire et écrire. Il m'a fallu un peu de temps pour comprendre, je n'avais jamais vu ça. Ce téléphone, c'est comme une petite télévision. Avec, elle peut passer commande chez IGA, par exemple. Quand elle a pris froid, elle a appelé le drugstore pour se faire livrer des remèdes. Chaque fois qu'elle a dégainé son engin, j'ai cru qu'on aurait une visite, mais en fait, non. Des visites, on n'en a presque pas eu.

Je suppose que son téléphone lui sert aussi de boîte aux lettres, qu'elle peut recevoir et envoyer du courrier à travers l'écran. Ça expliquerait pourquoi elle est si triste à chaque fois : elle ne doit pas avoir beaucoup de bonnes nouvelles. Ça expliquerait aussi pourquoi elle s'en sert si rarement. Si c'est pour recevoir des mauvaises nouvelles, autant le laisser éteint...

Le plus pénible, ça a été le temps des fêtes. Je sais, c'est idiot, mais même quand on ne veut pas y penser, on y pense. Ne serait-ce que parce que les maisons du voisinage, couvertes de guirlandes pas toujours du meilleur goût, ressemblent à des arbres de Noël. Les Pilon, eux, ils décoraient carrément le grand sapin de leur jardin pour que tout le monde en profite. Franchement, c'était splendide, et tous les gamins du quartier venaient rêver devant l'arbre géant.

Dumontine et Émerencienne, c'était plutôt le genre lumignons posés sur le rebord des châssis et grosse couronne de pin accrochée à la porte. Elles adoraient faire ça ensemble, et aussi les sablés aux épices qui embaumaient la cuisine. Quand sa maison était encore debout, Émerencienne avait trouvé une solution pour illuminer son imposte avec des ampoules de toutes les couleurs. Vu de l'extérieur, dans la noirceur, au milieu de la poudrerie, c'était de toute beauté.

L'année de la mort de sa sœur, Dumontine m'a encore décorée, mais j'ai bien vu que le cœur n'y était plus. Après, elle a abandonné. Comme le vieux Pilon, qui, de toute façon, n'était plus capable de grimper dans son sapin. Et puis toutes les maisons autour ont disparu les unes après les autres, remplacées par des stationnements, des entrepôts et des bretelles d'accès. C'est la station-service qui a pris le relais. Noël, avec elle, on ne peut pas l'ignorer : ça clignote dans tous les sens. Il y a même un dispositif avec des haut-parleurs qui déclenche *Jingle Bells* à plein tube chaque fois qu'un char franchit l'entrée. Ce serait insupportable si le bruit de la route ne couvrait pas la musique. Finalement, on ne l'entend distinctement que la nuit, quand la circulation se calme. Ou le jour de Noël, quand un pauvre gars solitaire vient faire le plein pendant que tous les autres sont en train de s'offrir une grosse bouffe en famille.

Enfin, je suis toujours soulagée quand le gérant démonte ses décorations et débranche sa sono. Le temps des fêtes, c'est pas la fête pour tout le monde...

Pour elle, ça a même été l'enfer. Je ne sais pas comment elle a réalisé que ça approchait, vu que rien du dehors ne parvient jusqu'à l'intérieur. Ni quand elle s'est mise à y penser. Toujours est-il qu'à un moment, un peu avant Noël – je le sais, *Jingle Bells* hurlait mille fois par jour, et peut-être qu'elle l'a quand même entendu, elle aussi, malgré le vent et le boucan du boulevard –, elle s'est mise à tourner en rond comme un fauve en cage. J'ai bien vu qu'elle avait les bleus comme jamais. Elle s'est vengée sur mes murs en arrachant la tapisserie méthodiquement, lambeau par lambeau, de l'entrée du rez-de-chaussée jusqu'au palier de l'étage. Il faut dire que le papier était bien collé, depuis presque toujours, et presque toujours, ça commence à faire un certain temps.

Je m'en souviens très bien, c'est Viateur et Eusèbe qui l'avaient posé l'année de l'installation. Dumontine avait mis des jours, des semaines, à se décider au sujet de la couleur et des motifs. Chaque fois qu'on pensait qu'elle avait tranché, elle changeait d'avis au dernier moment. Tout y était passé : à fleurs, géométrique, uni, marbré, rayé, avec frise, sans frise, rose, rouge, jaune, violet, brun, avec dorures, sans dorures... C'était devenu le sujet du dîner du dimanche : avant de se mettre à table, ils se retrouvaient tous au pied de l'escalier pour examiner les dernières trouvailles de mademoiselle. À croire qu'elle faisait exprès d'hésiter pour prolonger tant qu'elle pouvait ce petit rituel dominical. Jusqu'au jour où elle était arrivée, triomphante, avec un ultime échantillon, déclarant haut et fort que cette fois-ci, c'était sûr et certain, elle savait ce qu'elle voulait : ce serait celui-ci et pas un autre.

Quand elle avait dévoilé ce papier, ils étaient tous crampés, sous le regard imperturbable de ma chère Dumontine.

— Je savais que vous alliez me niaiser...

— Allons donc, Dumontine. Tu vois bien que c'est exactement le même motif que le vieux tout magané qu'on a décollé il y a six mois.

— Je sais, papa. Et tu ne peux pas imaginer la misère que j'ai eue à le dénicher. Je l'ai fait venir de Paris, figure-toi.

Viateur avait cessé de rire, et son visage s'était gelé.

— On dirait ta mère. Elle aussi l'avait fait venir de Paris. Elle était tellement heureuse. Je n'ai jamais compris comment un papier peint pouvait faire cet effet-là ! Elle le trouvait « chic et moderne ». Moi, je le trouvais surtout bien dispendieux. Mais elle avait raison : cinq ans plus tard, tout le monde voulait le même.

— C'est pour ça que je tenais à celui-là : elle l'avait choisi pour moi. Je pensais ne jamais retomber dessus mais, finalement, il est là. Moi, je le trouve chic et vieillot, je l'adore, et je vous jure qu'un jour, ça sera de nouveau la mode.

Et voilà comment j'ai été tapissée, une deuxième fois, d'un beau papier vert d'eau aux motifs de coquillages vieil or, pour la plus grande joie de Dumontine. Et pour la mienne aussi. Elle avait raison : il était parfait, ce papier.

Ça m'étonnerait que la Française ait retrouvé le même quatre-vingts ans plus tard. À moins que ce ne soit de nouveau la mode ? Je ne sais pas. Pour l'instant, il était parti en lambeaux sous sa raclette hargneuse et farouchement déterminée.

J'ai cru qu'elle allait s'arracher les ongles à me bardasser des jours et des nuits, presque sans relâche. Elle ne dormait plus. Enfin, presque plus. Je la voyais virailler dans son lit sans trouver le sommeil. Je l'entendais pleurer aussi, parfois. Souvent. Très souvent. Abriée sous sa couverte, le nez dans les oreillers.

Une nuit, elle a même hurlé plus fort que le vent.

Elle ne mangeait plus beaucoup non plus. Je pense que pendant plusieurs semaines, elle s'est nourrie exclusivement de thé très noir, adouci d'une giclée de lait concentré. Et de minuscules bouchées, qu'elle picossait comme un oiseau, de cet énorme pain d'épices qu'elle a fait cuire dans le gros moule à pain d'Émerencienne, une nuit de follerie. Il devait être deux ou trois heures du matin. Elle a quitté son lit d'un bond, enfilé son pull bleu canard, informe, ses gros bas si épais que ses pieds ne rentrent plus dans ses chaussons, et elle est descendue dans la cuisine, habillée comme la chienne à Jacques, pour tout mettre sens dessus dessous. Elle a activé le fourneau pour chauffer le four. Fouillé dans le placard du haut pour sortir les boîtes à épices, fait chauffer au moins deux pots de miel, fait mousser le soda à pâte dans le lait tiède, ajouté les œufs en poudre et la farine dans la grosse jatte en faïence, et rempli le moule. Et puis elle l'a enfourné, a préparé une théière avec l'eau qui silait dans la bouilloire, a rempli à ras bord la tasse rose de

Dumontine et s'est pelotonnée dans la berceuse qu'elle avait repeinte quelques jours plus tôt en utilisant le fond d'un pot qui lui restait de la chambre bleue.

Comme un petit oiseau sur son perchoir, frigorifié, terrifié, à bout de forces, perdu au milieu de l'hiver.

Il n'a pas fallu très longtemps pour que l'odeur se répande dans la cuisine, et puis partout ailleurs. Une odeur de temps des fêtes, qui ne m'avait pas remplie depuis des décennies.

C'est cette nuit-là que je l'ai sentie pour la première fois, très nettement. La vibration. Je veux dire que c'était la première fois qu'il était impossible de me faire accroire qu'il s'agissait des tremblements dus à la circulation, vu qu'il n'y en avait quasiment pas, à cette heure, de la circulation. Le vent s'était tu. Nous étions presque en silence, elle et moi, au milieu de l'odeur du pain d'épices. Elle se balançait sur sa berceuse, les yeux fixés sur le fourneau comme si elle pouvait voir le gâteau gonfler dans le four, figée comme une roche, complètement morte. Un monument de chagrin. Ou de folie. Ça m'a rappelé quelqu'un...

C'est à ce moment-là que j'ai clairement senti que je vibrais. Pas seulement mes murs. Tout. Mon sol, mes poutres, ma charpente, mon toit. Et même mes solages, enfouis dans la terre gelée. Je vibrais du sous-sol au grenier, d'une vibration profonde qui ne me faisait pourtant pas trembler. Quelque chose de bien plus puissant que les secousses des camions, mais de bien plus sourd aussi. Une sensation nouvelle, indescriptible. Comme si des ondes se diffusaient lentement dans chacune de mes particules.

Et je pouvais identifier, sans aucun doute possible, l'origine de ces ondes. Ça venait d'elle.

Je me suis bien débrouillée, au début. Exactement ce que j'avais décidé : pas de questions, pas de pensées, se concentrer sur le chantier. Sans se laisser déborder par quoi que ce soit. Je savais que l'hiver serait long, bien plus long et bien plus rude que là-bas. Mais je n'ai jamais eu peur du froid, et je savais aussi que je pouvais tenir des mois, en autarcie, à me coltiner avec cette baraque sans que rien ni personne ne vienne nous contrarier, elle et moi. Ma mission, c'est de la retaper de fond en comble – il est même spécifié « à l'identique » dans le testament, mais ça m'étonnerait que quelqu'un vérifie un jour. Ça prendra le temps que ça prendra, et ça tombe bien, j'en ai, du temps, moi, à ne plus savoir qu'en faire. Alors voilà, je suis là, pour ça. À quoi ça sert ? Je ne sais pas. C'est invivable ici, avec cette circulation. Sauf pour un sourd. Ou pour un fou. Ou en cas de pénurie générale et définitive de carburant. On peut toujours rêver.

Les premiers mois, tout s'est passé comme prévu. À quelques petits débordements près, je m'en suis impeccablement sortie. Avancer, avancer, sans réfléchir à rien. Quand c'est trop dur, je gueule un bon coup et ça va mieux. Et quand je sens venir la vague, je mets les bouchées doubles et je verrouille les écoutilles ; je sais très bien que si je la laisse me submerger, je me noie.

Je commençais même à m'habituer à ces couleurs bizarres, assez modernes finalement. Et à me sentir un peu mieux. Enfin, un peu moins mal. Un peu moins vide. Un peu moins morte. Presque capable de m'intéresser, de loin, à cette Dumontine et à son Émerencienne, qui semblent avoir vécu ici. Presque envie de connaître, un peu, les grandes lignes de l'histoire. De reprendre les photos pour mieux les regarder. De vérifier dans les placards s'il n'y a pas d'autres pièces qui permettraient de reconstituer le puzzle.

Et puis voilà qu'un jour, une petite voix, une salope de petite voix, m'a susurré qu'on devait être le 21 décembre. Ou le 22. J'ai fait comme si je n'entendais pas, mais elle a grossi, grossi dans ma tête. Au point de prendre toute la place. Et là, au lieu de la virer une bonne fois pour toutes, en m'attaquant par exemple au décapage de la rampe d'escalier et de ses trente-deux barreaux – trente-deux, je les ai comptés, à décaper au papier de verre, l'un après l'autre, volute après volute, j'en ai pour des plombes –, j'ai commis l'erreur stupide d'allumer mon téléphone pour savoir.

22. Avec les sept heures de décalage, ça faisait 23 là-bas.

La violence de la vague. Balayée en quelques secondes. Je les ai revus, tous les deux, comme s'ils étaient là. J'entendais leurs voix, leurs rires. Et puis les barbotis du petit dans mon ventre. Les sensations. Les odeurs, toutes les odeurs incrustées dans mes narines, jusqu'à la nausée. Le pain d'épices en train de cuire les aiguilles du sapin fraîchement coupé le bois qui brûle dans la cheminée. Le varech les embruns le mazout des moteurs des bateaux le crissement du sable sous nos bottes le ricanement des mouettes. Le beurre salé les crêpes les langoustines le poiré la joie. Le bleu le gris le vert le lichen orange phosphorescent sur les rochers les ciels fous chassés par la marée.

Eux. Nous.

Après, je ne sais plus très bien. C'était trop dur à supporter, alors mes plombs ont sauté. Je me suis absentée, comme l'autre fois. Disjonctée. Je ne me souviens plus de rien.

Visiblement, j'ai détapissé l'entrée, la montée d'escalier et le palier. Et j'ai fait cuire un pain d'épices, qui embaume encore un peu partout. Monstrueux, au vu de la taille du moule qui sèche au bord de l'évier et des trois tranches géantes qui restent dans la boîte à pain. Pour le reste, mystère. Je me sens complètement épuisée. Je n'ai pas dû beaucoup manger, je flotte un peu dans ma salopette. Et je ne sais pas combien de temps ça a duré ni quel jour on est. L'année prochaine, peut-être.

Qu'est-ce que ça change au bout du compte ?

Elle a repris vie au tout début de janvier. On aurait dit un fantôme qui se réincarnait peu à peu. Elle s'est fait couler un bain brûlant, dans lequel elle a versé une poudre verte sortie de je ne sais où, qui a transformé la salle de bains en étuve délicieusement odorante. Elle a frotté sa peau avec un gant de chanvre pour lui redonner des couleurs et elle s'est tartiné la face d'un onguent blanc, qu'elle a retiré un peu plus tard comme si c'était une seconde peau. Ça a marché : elle avait les joues roses. Enfin.

Après, elle s'est installée dans la cuisine pour se préparer un festin : elle a ouvert une boîte de soupe à la tomate, une autre de *smoked meat*, a fait bouillir quelques patates et s'est même offert une petite bière pour faire passer tout ça.

Elle a aussi repris le chantier avec une énergie nouvelle. Moins folle, je dirais. Elle a fait un grand ménage du bazar qu'elle avait mis dans l'entrée et dans l'escalier, jeté les lambeaux de vieux papiers dans le poêle, enduit les trous et les fissures des murs nus. En attendant que ça sèche, elle s'est attaquée à l'escalier. Je crois qu'elle s'est fourré dans la tête de décaper les barreaux de la rampe, un par un. Ça va lui prendre une éternité. Ça n'a pas l'air de la décourager ; elle s'est même remise à chantonner. De plus en plus souvent.

Capricorne. Cornemuse. Muselière. Lierre encore. Lierre encore, j'avais vingt ans, je caressais le temps et jouais de la vie comme on joue de l'amour et je vivais la nuit…

Quelque chose a changé pendant son séjour en enfer. Je ne sais pas trop quoi, mais je le vois. Et je le sens, surtout. Je suis sûre que c'est en rapport avec la vibration. Je la sens partir de sous ses fesses depuis la marche où elle est assise, en train de chanter et de poncer. S'infiltrer dans chaque fibre du bois de chaque autre marche. Pénétrer les pores des carreaux de ciment de l'entrée, mais aussi le plancher du palier de l'étage. Se diffuser dans le sol, remonter le long des murs et, finalement, imprégner chaque parcelle de moi.

C'est très étrange. Pas désagréable ; plutôt doux et chaud, légèrement électrique. Mais tout de même un peu inquiétant. Comme un picotement qui ne s'éteint pas.

2

On en était là, toutes les deux, en train de se remettre doucement de ce Noël dantesque quand le temps a changé. Elle ne s'est rendu compte de rien, elle est embarrée depuis des semaines sans jamais jeter un œil dehors. Mais moi, j'ai senti que quelque chose était en train de virer. En fin de journée, le vent a arrêté de souffler, et la température est remontée mauditement vite. On est passés de – 20 °C à – 1 °C en quelques heures et, à un moment, il s'est mis à pleuvoir des clous. Pas de la neige, de l'eau. Des masses d'eau qui gelait dès qu'elle touchait mon toit, mes murs, les marches de mon perron, les arbres et le sol du jardin. Et puis mes chambranles, mes cheminées et, bien plus grave, les fils électriques qui me relient au poteau. J'ai vite compris qu'on allait devoir affronter une tempête de verglas, possiblement de grande envergure.

Ce n'est pas la première fois. Tu penses bien, quand on est implantée sur l'île de Montréal, le gros hiver, on connaît. En janvier 1998, j'ai dû braver le déluge de glace qui s'est abattu sur nous, et j'ai pensé que je n'y résisterais pas. J'avais l'impression que mon ossature allait finir par se briser et que je tomberais en poussière. La fin tragique annoncée de la Maison Poussière : pulvérisée par la froidure... Mais en fait, non. J'ai résisté. Et, à un moment, j'ai dégelé. Sans dégâts majeurs à déplorer. Comme les hivers d'avant, et les hivers d'après...

Il y a eu cette fois où le banc de neige est monté si haut qu'il a recouvert le perron-galerie. La pauvre Dumontine a mis au moins deux jours pour pelleter, toute seule, un passage jusqu'à la route. Et la fois où le vent a soufflé tellement fort que le poteau électrique est tombé. Une semaine sans courant. Une année, il y a longtemps, c'est le toit du perron qui n'a pas résisté au poids de la glace déposée par une tempête de verglas. Le vacarme qu'il a fait en s'effondrant ! Dumontine et Émerencienne ont cru la fin du monde arrivée.

Il y a eu aussi le drame de la maison Trottier, en janvier 1957. L'hiver le plus froid de toute mon histoire : le thermomètre est tombé en dessous de – 37 °C, si je me souviens bien. Si on ajoute le vent du nord, la température ressentie devait frôler les – 50 °C. Tout le monde était calfeutré dans les maisons, les enfants n'allaient plus à l'école. À la brunante, la boucane a envahi le quartier en quelques instants. C'était la maison Trottier qui brûlait, avec toute la famille à l'intérieur. Le vent soufflait à une telle allure... On aurait jeté du gaz sur le toit, ça ne l'aurait pas mieux attisé. Ils étaient si bien barricadés qu'ils n'ont jamais réussi à s'extirper. Les parents, les quatre enfants et la grand-maman qui vivait avec eux depuis quelque temps. Quand les pompiers sont arrivés, c'était déjà trop tard. Tant mieux, dans un sens : ils n'ont pas été capables d'éteindre ce qui restait du brasier. Il faisait si froid que l'eau gelait en sortant des lances, et même, très vite, dans les tuyaux. Tout le quartier a assisté au drame sans rien pouvoir faire. Elle est passée au feu, et tous ses habitants avec elle, sous les yeux désespérés des pompiers...

Émerencienne leur a préparé du café, ils sont venus se réchauffer dans la cuisine. Je me souviens d'un grand roux, très jeune, couvert de suie, qui pleurait à gros bouillon après avoir sorti des décombres le corps de la petite fille. Émerencienne, elle, ne pleurait pas. Mais elle ne parlait plus non plus. Je sais très bien que c'est cette nuit-là qu'elle s'est transformée en bloc de glace. Une montagne de chagrin, infranchissable.

À un moment, on arrive au bout de ce qu'on peut supporter. C'est comme ça.

Dumontine s'en est rendu compte immédiatement, évidemment. Elles étaient branchées l'une sur l'autre, ces deux-là. Mais cette fois-ci, elle n'a pas su quoi faire. Elle a appelé le ramoneur, comme tous les voisins, parce que c'était pas le temps de jouer avec le feu. Et puis elle a passé les mois suivants à essayer de dégeler le chagrin de sa sœur. Mais elle n'y est jamais parvenue.

À mon avis, je suis la seule à me souvenir de la famille Trottier. Comment ils s'appelaient, déjà ? Léandre et Malvina, je crois. Mais les enfants, j'ai mangé leurs noms... La maison n'a jamais été reconstruite. Qui voudrait habiter sur le tombeau d'une famille entière ? La parcelle est devenue un terrain vague. Au printemps qui a suivi l'incendie, Dumontine et Émerencienne sont allées en silence y planter sept pieds de rudbeckia. Un par personne. Ils ont fleuri en un bosquet jaune et rose pendant des étés, jusqu'à ce que la station-service rase tout pour asphalter et aménager son stationnement.

Ici, heureusement, tous mes conduits ont été vérifiés avant qu'elle s'installe. Pourquoi ? Comment ? Qui a envoyé le ramoneur ? Je ne sais pas mais, en tout cas, on ne risque rien de ce côté-là, ni elle ni moi. Et c'est tant mieux, parce que les poêles n'ont pas chômé : quelques heures après que la pluie a commencé à tomber et à me couvrir de glace, le vent s'est de nouveau levé, et la température est redescendue vers les –10 °C. –15 °C. –20 °C. De quoi me geler bien dur, et pour un long moment. C'est exactement ce qui s'est passé, et ce qui devait arriver est arrivé : l'électricité a été coupée.

Elle ne s'en est pas rendu compte tout de suite : elle dormait. Mais moi, en pleine noirceur, j'ai vu tous les lampadaires s'éteindre d'un seul coup, en même temps que les illuminations de la station-service, qui avaient pourtant réussi à paraître presque belles, si magnifiquement glacées. Le petit grésillement de la centrale électrique, dont on a tellement l'habitude qu'on ne l'entend plus, s'est tu lui aussi, et soudain on a entendu qu'on ne l'entendait plus.

Et puis j'ai senti ma température baisser. Rien de vraiment dramatique, elle avait chargé les poêles avant de se coucher, mais tout de même : les calorifères prévus pour me maintenir hors gel ne faisaient plus leur boulot. Et quand il fait si froid dehors, sans calorifères, l'étape suivante, c'est l'éclatement de la tuyauterie.

Heureusement qu'elle est fine, cette fille-là. Quand elle a allumé le plafonnier de la salle de bains et qu'elle s'est rendu compte qu'il n'y avait plus de courant, elle est tout de suite allée vérifier les plombs, en haut de l'escalier de la cave. Et quand elle a vu que ça ne venait pas de nous, elle s'est empressée de remplir d'eau tous les contenants qu'elle a pu trouver – chaudière, baignoire, bassines, bombonnes – avant de couper l'arrivée et de purger soigneusement mon installation. Sur ce point, au moins, on a évité la catastrophe.

Après, elle s'est organisée. Elle ne semblait pas trop affolée. Normal : hormis pour s'éclairer, elle ne s'en sert pas, de l'électricité. Dès que l'automne est arrivé, elle s'est mise à cuisiner sur le fourneau, puisqu'il était allumé pour chauffer. Elle n'écoute pas la radio, elle n'a jamais cherché la télé, remisée dans un placard du salon, qui ne doit plus fonctionner depuis belle lurette, et elle n'utilise aucun des outils électriques qu'elle aurait pu trouver au fond de la cave si elle avait fouillé. Quand Émerencienne a tout bazardé, la seule chose qu'elle n'a pas eu le cœur de donner, c'étaient les outils d'Eusèbe, qu'il avait lui-même reçus de son père. Elle les a soigneusement rangés dans une grosse cantine lourde comme un cheval mort, que Dumontine a accepté de remiser dans un coin de mon sous-sol. Peut-être qu'un jour, elle tombera dessus et qu'elle s'en servira pour accélérer les travaux ? Mais, pour le moment, elle s'en fiche tellement, d'accélérer, qu'à mon avis, c'est pas demain la veille que la sableuse d'Eusèbe viendra me chatouiller les parquets.

Une fois qu'elle m'a eu mise hors d'eau, elle a continué son train-train sans paraître particulièrement affectée ni par l'absence de courant ni par le désastre qui était en train de se produire dehors, dont elle semblait n'avoir absolument aucune conscience. Elle n'est pas d'ici, elle ne sait pas vraiment ce que c'est qu'un hiver. Alors comment peut-elle imaginer à quoi ressemble une tempête de verglas ?

Les premières conséquences, je les ai vues se produire sous mes fenêtres : les huit voies du boulevard Métropolitain sont devenues autant de pistes de patinoire, recouvertes d'une couche de glace épaississant d'heure en heure sans que personne n'y puisse rien. De toute façon, il n'a pas fallu très longtemps pour que les engins de salage ne puissent plus circuler ; j'ai vu se constituer, en moins d'une demi-journée, la plus grosse congestion de circulation à laquelle il m'ait été donné d'assister. Même en 1998, ce n'était pas à ce point-là. Et même la fois où un camion-citerne rempli d'huile de vidange s'est renversé au carrefour Langelier et a transformé la chaussée en marée noire impraticable pendant un jour entier, ça n'était pas aussi catastrophique. D'abord, parce qu'ils ont fini par neutraliser l'huile, ce qui est bien plus facile que neutraliser une tempête de verglas. Ensuite, parce que les naufragés de la route ne risquaient pas de périr de froid en sortant de leurs voitures.

D'habitude, la pluie verglaçante cesse au bout de quelques heures. Mais là, je ne sais pas pourquoi, elle a continué à tomber sans s'arrêter. Pendant que les automobilistes se résignaient enfin à abandonner leurs chars pour filer à l'abri comme ils pouvaient dans les habitations, j'ai senti mon toit s'épaissir, mon bois se figer. Mes fenêtres se sont couvertes d'une couche de glace de plus en plus compacte, et j'ai vu le poteau électrique auquel je suis raccordée pencher dangereusement sous le poids des fils alourdis par la glace. Dehors, une fois que la circulation et les klaxons exaspérés se sont tus, on a commencé à entendre des craquements sinistres : les arbres et les objets se brisaient comme des os sous la morsure et la charge du verglas.

Nous étions en train d'affronter l'une des pires tempêtes de notre histoire, et elle n'en avait aucune conscience. Curieusement, elle semblait même aller de mieux en mieux.

J'aime bien, moi, la vie à la bougie. D'abord, ça m'oblige à me coucher plus tôt et à me lever plus tard ; j'ai bien cherché dans le sous-sol une lampe à pétrole, mais je n'ai rien trouvé. La bougie, pour bouquiner, c'est quand même un peu limite. Du coup, la meilleure solution, c'est dormir de la tombée du jour jusqu'à son lever. Et à Montréal, en plein hiver, ça fait de très très longues nuits.

Ensuite, ça lui donne un air doux, enveloppant, l'impression que je peux me blottir en elle et que rien ne peut m'atteindre. Comme si elle me prenait dans ses bras. Il me semble que c'est ce qu'elle fait, d'ailleurs, et il y avait un sacré bout de temps que ça ne m'était pas arrivé.

Au fond ça me fait un bien fou, cette panne de courant. Comme un câlin sans fin, dont j'avais grand besoin. Bon, je dis ça parce que j'ai la chance d'avoir des poêles pour ne pas crever de froid. Je ne sais pas comment font les gens dans les appartements, uniquement chauffés à l'électricité. Ça doit être beaucoup moins drôle. Et dangereux, même, avec ces températures de dingue…

Moi, le froid, ça va. J'ai doublé mes couches de vêtements et je m'active tant que je peux pour ne pas m'engourdir. Et puis je me débrouille pour ne pas laisser faiblir les feux. J'ai attaqué le bois de démolition entreposé dans le sous-sol. Je me chauffe à la planche centenaire ; autant dire que les bûches sont bien sèches et bien denses. La seule chose qui m'inquiète un peu, c'est l'eau. Mes réserves se vident, et le temps n'a pas l'air de vouloir se radoucir.

Je vois s'approcher le moment où je vais être obligée de sortir détacher les stalactites du perron pour les faire fondre sur mon fourneau. Et ça, ça me fout vraiment les miquettes. Je n'ai pas mis le nez dehors depuis des semaines et, franchement, je ne m'en porte pas plus mal. De mieux en mieux, même. Comme si j'étais à l'abri de tout ce qui pourrait m'atteindre ou me mettre en danger. Je n'ai pas du tout, du tout envie de sortir, pour quelque raison que ce soit… Et encore moins pour m'offrir une petite expérience polaire. *L'air du large. Largement. Mendigot. Gosse de riche. Richard Gere. Gyrophare. Fahrenheit.*

C'est drôlement rude, l'hiver, ici. Je me souviens d'avoir lu ça dans *Maria Chapdelaine*, un été, chez les grands-parents. À l'époque, j'avais imaginé que c'était comme des vacances de ski, en plus froid. Mais là, on est loin des vacances, et c'est beaucoup, beaucoup, beaucoup plus froid. Au début, ça ne m'a pas frappée : j'ai vaguement vu que le vieux thermomètre accroché à l'extérieur, près de la fenêtre de la cuisine, indiquait -4 °. -4 °, c'est rien. J'étais quand même un peu étonnée : j'avais l'impression que la température était beaucoup plus basse. Je me suis dit que je devais être fatiguée, après ma crise, et qu'il fallait que je reprenne des forces. Je pense qu'il m'a fallu au moins deux ou trois jours avant de réaliser que le thermomètre n'était pas en Celsius mais en Fahrenheit. J'ai farfouillé dans ma mémoire pour essayer de faire la conversion, mais pas moyen de me rappeler. J'ai fini par me résoudre à rallumer mon portable, en veillant bien à ne regarder ni la date ni le nombre de mails en attente de lecture – merci bien, une fois m'a suffi –, pour aller chercher sur Internet. -4° Fahrenheit, ça fait -20° Celsius. Tu m'étonnes que ça caille.

Je ne sais pas comment font les gens d'ici pour se lever tous les matins, dans la nuit noire, et se jeter dehors, avec des températures pareilles et une météo aussi hostile. Ce n'est pas de la neige floconneuse de carte postale qui tombe, là. C'est carrément de la glace.

Quand les premiers Européens sont arrivés aux beaux jours, de Bretagne ou d'ailleurs, avec rien pour se protéger et aucune idée de ce que pouvait être un hiver ici, ça a dû être l'hécatombe. Comment tu peux imaginer, en plein été, au milieu des fleurs et des fruits, ce qui va te tomber dessus six mois plus tard ? Comment leurs organismes ont-ils pu résister ?

L'autre chose qui m'inquiète, c'est que je vais être obligée de partir en expédition pour trouver de quoi m'éclairer si la glace dure encore longtemps. Le stock de bougies de la cuisine fond à vue d'œil – c'est le cas de le dire. J'économise tant que je peux, mais je sais que c'est un peu limite de prendre le risque de se retrouver dans le noir total, sans aucun moyen d'y voir quelque chose en cas d'urgence. Je me suis laissé encore deux jours, mais si le courant n'est pas rétabli, j'irai explorer le salon, en espérant que de magnifiques candélabres et un bon paquet de chandelles m'y attendent. Ou, encore mieux, une lampe à pétrole d'époque en état de fonctionner. Rêve, ma fille...

Je me demande pourquoi le salon m'effraie autant. En fait, je crois que tout ce qui pourrait changer mon environnement m'effraie. J'ai réussi à m'organiser un petit monde à moi, dans un périmètre que je maîtrise de mieux en mieux et qui commence à avoir l'air de reprendre vie, au fur et à mesure qu'il reprend des couleurs. Comme moi. Tout ça est si fragile... Je n'ai pas du tout envie que quoi que ce soit vienne perturber cet équilibre.

Mais ce n'est pas toujours nous qui décidons, je suis bien placée pour le savoir.

La fois où l'hiver a failli vraiment mal tourner, c'était en février 1932. Dumontine était installée depuis quelques semaines à peine, et nous faisions connaissance, tranquillement. J'étais tellement heureuse d'être débarrassée des locataires qui m'avaient habitée durant les quinze années précédentes. Enfin, habitée, je devrais plutôt dire envahie. Occupée. Annexée. Je sais, je n'aurais pas dû, mais, honnêtement, je ne les ai jamais aimés, ceux-là. Ils m'ont dérangée dès leur arrivée. Pas méchants, mais pas fins non plus. Des beaux baveux... Tout était brutal chez eux. Ils se parlaient mal, se traitaient mal, m'habitaient mal. Un peu comme elle, au début : j'étais leur chez vous, mais ils se comportaient avec moi comme si je n'existais pas.

C'était désagréable mais, dans le fond, logique : je n'ai pas été construite pour eux. Mon histoire à moi, c'est une histoire d'amour, depuis le début. Et, j'espère, jusqu'à la fin, même si, ces dernières années, j'ai vraiment cru que ça tournerait autrement. Je ne suis toujours pas vraiment sûre mais là, depuis le retour à la vie de ma petite Française, je dois admettre que je sens comme une lueur d'espoir se rallumer. C'est peut-être ça, la vibration ? L'espoir qui se rallume, l'amour qui circule de nouveau, la vie qui se remet à crépiter, enfin ? À bien y réfléchir, j'ai sans doute ressenti quelque chose d'approchant quand Dumontine est arrivée. Mais je n'ai pas compris. J'étais trop jeune, je ne disposais d'aucun élément de comparaison. Je me souviens juste m'être dit que ça y était, tout allait enfin pouvoir commencer.

Et j'avais raison : tout a enfin commencé.

L'hiver de cette année-là, Dumontine était entre deux emplois : après avoir enseigné pendant deux ans chez les Sulpiciens à Oka, elle avait donné son congé pour revenir à Montréal, parce que sa sœur, restée ici, lui manquait trop. Enfin, ça, c'est la version officielle, qu'elle a servie à Viateur et que Viateur a donnée aux locataires pour les pousser dehors. Je pense qu'il y a cru, d'ailleurs, mais moi, j'ai su, très vite, qu'il y avait une autre raison. Les humains ne se méfient jamais assez de leurs maisons. Ils disent : « Les murs ont des oreilles », et puis ils oublient et nous livrent leurs secrets, y compris les plus intimes, sans réaliser qu'on est là. Qu'on les entend, qu'on les voit, qu'on les respire et même qu'on les aide un peu, parfois.

Moi, par exemple, j'ai un peu aidé Viateur à pousser les brutaux dehors. Ils n'avaient pas tellement envie de partir, alors j'ai argumenté : je me suis mise à craquer. Fort. Très fort. Et souvent. Surtout la nuit, pour les réveiller en sursaut. C'était assez amusant. J'ai un peu fui aussi. Rien de grave ; une bonne grosse auréole dans la grande chambre du haut, pile au-dessus du lit. Origine : introuvable. Ils ont eu beau chercher, ils n'ont jamais réussi à arrêter la gougoutte. Mais ce qui les a vraiment décidés, je crois, ce sont les tremblements. Ça m'a demandé un peu d'entraînement avant de découvrir que je pouvais faire preuve d'une souplesse insoupçonnée. Si on y met du sien, le bois est beaucoup moins rigide qu'on ne le croit. Je me suis concentrée sur les endroits stratégiques : certaines marches de l'escalier, la poutre maîtresse qui traverse l'entrée et celle qui passe juste au-dessus de la table de la cuisine. Et j'ai commencé à trembler. Sans raison apparente, violemment, avec autant de force que pour les craquements. Toujours aux moments où ils s'y attendaient le moins.

Là, ils ont commencé à avoir peur que je leur tombe sur la tête. Ils ont fait venir Viateur à plusieurs reprises pour constater, mais moi, à chaque, fois, je me tenais à carreau. Jusqu'à ce qu'il reparte. Pas de constat, pas de travaux. Pas de travaux, pas d'amélioration.

Bref, ils ont fini par décamper, pas mal en maudit. Chacun son tour : ils m'avaient bardassée pendant quinze ans, je pouvais bien me venger un peu pour m'en débarrasser, non ? À la fête du Travail, début septembre, la place était libre. Viateur a voulu s'assurer que j'étais en pleine santé avant de me confier sa fille, alors pendant l'automne, après un grand nettoyage du sol au plafond, il m'a laissée sécher et m'a observée de près, traquant les moindres craquements et autres souplesses intempestives. Je n'ai pas moufté. Le jour de l'Action de grâce, il a décrété que j'étais sécuritaire et qu'on pouvait commencer à m'aménager. Alors Dumontine s'est mise au travail.

En fait, elle n'a rien changé : elle s'est contentée de tout rafraîchir. Au début, j'ai cru que c'était parce qu'elle avait hâte de disposer de moi pour abriter son secret, et puis j'ai compris que non, pas du tout. Elle ne me l'a pas expliqué, ni à personne, d'ailleurs, mais je l'ai senti au bout de ses doigts. Une fois débarrassée de la crasse des brutaux et des mauvaises ondes qu'ils avaient laissées traîner derrière eux, j'ai retrouvé mes sensations du début. La douceur d'Alfonsine, le bonheur et la joie dont elle m'avait emplie en m'imaginant dans les moindres détails pour sa fille. Dumontine me caressait de la même façon que sa mère, et aux mêmes endroits. Si précisément que c'en était troublant.

Sa manière de me toucher, de me parler, de prendre soin de moi me mettait dans un état très particulier, un mélange de fragilité et de puissance, de peine et de gaîté, que j'avais du mal à définir. Et aussi à contenir, je crois. Je me suis remise à trembler, un peu, sans le vouloir. Non, pas à trembler. À frissonner, plutôt. Voilà : je frissonnais…

Je n'étais pas la seule. La première fois que j'ai senti Dumontine frissonner comme moi – à moins que ce ne soit le contraire –, je m'en souviens très bien. C'était juste après mon maxinettoyage. Elle avait donné rendez-vous à Émerencienne pour me visiter de bas en haut. Une sorte de réunion de chantier avant de se lancer dans la rénovation. Elles passaient d'une pièce à l'autre en parlant à grandes voix, portées par leur excitation. Je les découvrais. Finalement, depuis ma construction, je n'avais pas tellement eu l'occasion de les voir ensemble. C'est tout un poème, des sœurs jumelles. Un spectacle, un ballet. L'une commence une phrase et l'autre la finit, l'une esquisse un geste et l'autre le prolonge, mais le plus saisissant, c'est tout ce qu'elles ne disent pas ni ne font ensemble mais qui est là malgré tout. Par exemple, quand Dumontine posait une main sur une partie de moi et que sa sœur savait, sans besoin d'explications, ce qu'elle envisageait d'en faire. Ou bien quand Émerencienne ouvrait une porte et qu'elles se mettaient à rire avant de conclure :

— On est d'accord, hein ?

D'accord sur quoi ? Mystère. À ce moment-là, j'étais débutante en jumelles et incapable de déchiffrer.

J'étais plongée dans cette perplexité quand elles se sont décidées, enfin, à parler de choses importantes. Elles se sont assises dans l'escalier, Émerencienne une marche au-dessus de Dumontine, bien calée contre les genoux de sa sœur. Émerencienne l'a enlacée tendrement.

— Finalement, tu ne veux rien changer, n'est-ce pas ?

— Non. Je vais tout refaire à l'identique. J'ai même trouvé, dans la penderie du haut, assez de tissu pour recoudre les rideaux de la chambre bleue. Tu sais, les beaux bleu et vert, Art déco ?

— Oui, je sais.

— Il n'y a que pour le papier peint de l'escalier que je suis bien embêtée. Ils l'ont tellement sali qu'il va falloir le remplacer.

— Ce sera ta touche à toi.

— Je voudrais que ce soit exactement comme elle l'avait voulu pour nous.

— Je sais.

En caressant délicatement les cheveux de sa sœur, comme l'aurait fait une maman, Émerencienne a murmuré :

— Pour pouvoir être avec elle, un peu.

— Française en masse, pis québécoise pas mal aussi.

— Oui, c'est drôle, elle a laissé ça dans cette maison...

— T'es pas comme moi, toi. Dans la tienne, tu vas tout changer.

— Moi, j'ai Eusèbe. On décide tous les deux.

Elles se sont tues longtemps en restant là, sans bouger, mais j'ai senti dans mes marches que ça circulait à toute allure de l'une à l'autre. Je n'y comprenais rien. À un moment, elles ont éclaté de rire, ensemble. C'est Émerencienne qui a ouvert le feu.

— Bon, vas-tu me le dire ?

— Te dire quoi ?

— Pourquoi tu es partie à Oka. Et pourquoi tu en es revenue.

— Je te l'ai déjà dit : je voulais me séparer de toi et je n'y ai pas réussi.

— De moi ? Pour vrai ?

— De toi. Aussi.

— De moi et de qui d'autre, alors ?

— Tu me promets de pas chialer ?

— Je chiale pas.

— De toi et d'Armand.

— Armand ? Armand qui ?

— Armand Colère, mon professeur de violoncelle.

— Monsieur Colère ? Mais il a au moins dix ans de plus que toi ! Et il est pas un peu marié, cet homme-là ?

— Si. Très très marié.

Elles se sont tues de nouveau, longtemps. Et puis Dumontine a raconté à voix basse comment était né son grand secret. Comment son Armand et elle ont lutté, lutté, pour essayer d'échapper à ce qui était en train de se produire. Et comment ils n'y sont pas arrivés.

— Mais vous avez...

— Tais-toi donc ! Certain que non. On a de l'honneur, quand même.

— L'honneur, l'honneur... Est-ce que c'est bien compatible avec le bonheur ? Tu ne vas pas passer ta vie à faire comme si.

— Je le sais pas. C'est pour ça que je suis revenue. Pour qu'on recommence à se voir et qu'on voie où ça nous mène.

Avec un peu de recul, en repensant à la force de ce qui m'a traversée pendant qu'elle disait ça, je n'imagine pas un instant comment ça aurait pu nous mener, toutes les trois, ailleurs que là où ça nous a menées. Mais on ne pensait pas, ni elles ni moi, que ça viendrait aussi vite.

Dumontine a emménagé pendant le temps des fêtes. Juste après Noël, précisément, un jour de redoux enfargé dans la sloche. Émerencienne, qui n'était pas encore notre voisine, a investi et embaumé ma cuisine le 31 décembre pour préparer un réveillon de gourmandises. Soupe de pois, outarde rôtie à la sauce aux canneberges, patates pilées, pain au blé d'Inde de par chez nous et, en dessert, une spécialité de son invention dont elle était démesurément fière : la « bûche Alfonsine » à base de marrons glacés dont, si l'on en croit la légende familiale, leur grand-mère française raffolait au point que leur grand-père Zéphyr en faisait toujours venir une boîte de Paris, spécialement pour le Nouvel An. Viateur a raconté – visiblement comme chaque année, vu les moqueries de ses filles – comment il veillait à perpétuer la tradition, en régalant un réveillon après l'autre sa chère Alfonsine, puis les jumelles, de cette confiserie française si raffinée. Eusèbe, le charmant fiancé d'Émerencienne, a écouté avec autant d'enthousiasme qu'il a goûté le festin de sa dulcinée, sûrement en se disant qu'il aurait pu plus mal tomber et qu'il était bien chanceux d'épouser une si parfaite cuisinière. À la fin du repas, Viateur a fait à tous les trois un court discours ému et un peu mêlé. Il a d'abord souhaité la bienvenue à Eusèbe dans sa nouvelle famille, et puis à Dumontine dans moi, qu'Alfonsine et lui avaient construite pour elle, avec tant d'amour.

— Et j'espère, mes chères, que vous serez aimées autant que j'ai aimé votre maman. Et bien plus longtemps.

Il était sur le point de se mettre à pleurer, je crois, mais les sœurs se sont regardées, Dumontine a rougi et, sous l'effet conjugué du champagne apporté par Eusèbe et du secret partagé quelques semaines plus tôt, elles ont pouffé comme deux gamines. Les hommes ont ri aussi, sans bien savoir pourquoi, et le repas s'est fini dans la joie.

Deux jours plus tard, j'ai fait la connaissance d'Armand Colère. Il m'a plu tout de suite, avec sa carrure de beau pétard, sa voix douce et son petit rire tendre. Son coup de sonnette m'a carrément électrisée. Et pas que moi, visiblement. Quand Dumontine s'est dirigée vers la porte pour ouvrir, j'ai eu l'impression qu'elle marchait sur des braises. Ou des nuages. Ou des étoiles, peut-être. En tout cas, quelque chose que je n'avais jamais senti de ma vie.

Ils avaient l'air tellement gênés, tous les deux. Elle l'a fait entrer dans le salon. Elle avait préparé du thé, leur en a servi une tasse à chacun, qu'ils n'ont touchée ni l'un ni l'autre. Elle parlait, parlait, parlait. Elle lui a expliqué l'histoire de ma construction et qu'elle avait décidé de me conserver comme m'avait rêvée sa mère.

— C'est ce qui me reste d'elle, vous comprenez ? Vous voulez visiter ?

Elle ne l'a pas laissé répondre et s'est levée comme une flèche pour lui montrer mon rez-de-chaussée, en faisant bien attention de ne surtout pas le toucher, ni même le frôler. Comme si tout était combustible autour d'eux et que le moindre contact allait les faire flamber. C'est là que j'ai reconnu cette sensation qui me troublait tant quand Dumontine me caressait, ce mélange de puissance et de fragilité, si délicieusement dangereux.

— Pour le papier de l'escalier, je suis embêtée. Il faut le changer, mais je ne retrouverai jamais le même, alors je cherche une autre idée.

Elle était presque en haut, il la suivait deux marches plus bas. Il les a enjambées comme s'il volait et, très doucement, l'a prise par la taille. L'a retournée face à lui. L'a regardée droit dans les yeux et l'a embrassée. Embrasée, je devrais dire, et moi avec elle. Tout en moi s'est mis à voltiger dans tous les sens, dans un affolement général et complètement incontrôlé. J'avais chaud j'avais froid j'avais peur j'étais bien je voulais que ça s'arrête et que ça continue. Ça s'est arrêté. Et puis ça a continué. Ils se sont assis sur cette marche pour s'embrasser et s'embrasser encore pendant que je m'embrasais en essayant de reprendre mes esprits. J'ai commencé à mieux comprendre ce qui était en train de nous arriver à tous les trois.

Il m'a fallu encore quelques baisers pour pouvoir mettre le mot exact sur ce que j'avais déjà senti frémir ces dernières semaines et que je sentais exploser si intensément à ce moment précis, là, partout en moi.

C'était ce qu'on appelle le désir. Et c'était merveilleux.

Ils ont fini par arrêter de s'embrasser. Ils se sont parlé tout bas, si bas que je n'ai pas tout compris. Elle disait « attendre » et « interdit », il disait « insupportable » et « depuis si longtemps ». Ils se sont relevés. C'était la bagarre dans mon escalier, entre le désir de monter et la nécessité de descendre. J'étais remplie de leur hésitation. J'ai essayé de manœuvrer pour les pousser vers le haut, mais j'étais tellement virée à l'envers que je n'ai pas été capable. Finalement, ils sont descendus sans que j'aie pu rien faire. Ils se sont embrassés encore, avec tellement d'ardeur et de chagrin que j'ai cru ne pas y survivre, et puis Armand a enfilé son manteau, sa tuque et ses mitaines, et il est parti. Quand Dumontine a refermé la porte, il y a eu comme un appel d'air dans mon vestibule, et tout est devenu glacé, même si les calorifères chauffaient à plein régime.

Elle est montée dans sa chambre – la jaune, la grande chambre du fond était encore en travaux –, s'est recroquevillée dans son lit et s'est mise à hurler en grelottant. Exactement comme le jour où Viateur était venu tout seul, au même endroit, hurler de douleur après la mort d'Alfonsine.

Le jour suivant, elle était d'une tristesse à mourir. Et les jours d'après aussi. Elle a sorti son violoncelle et nous a fendu l'âme, des heures durant, avec des airs déchirants.

Et puis il y a eu ce matin où quelqu'un a sonné à la porte. Il avait neigé dru la nuit d'avant. Nous étions tout encotonnées, elle et moi. Elle a ouvert avec son air triste.

— Bonjour, mademoiselle, c'est la maison Ladouceur. On vient pour installer le poêle.

Ils étaient deux, un court sur pattes rondouillard et un échalas aussi maigre que lugubre. Elle les a fait entrer. Leur a offert un café dans la cuisine. Puis ils sont allés chercher le poêle et tout le kit, et sont montés dans la grande chambre pour le mettre en place. En une demi-heure, c'était terminé. Elle les a remerciés, et ils ont pris congé.

Deux heures plus tard, elle était enfargée dans sa musique quand la cloche de porte a de nouveau retenti. C'était l'un des deux travailleurs, le grand lugubre : il avait oublié un outil. Dumontine lui a dit de patienter dans l'entrée.

Elle est montée à l'étage pour chercher l'outil. Elle ne l'a pas entendu monter derrière elle, ce maudit sans cœur. Il l'a saisie par surprise, bourrassée, jetée sur le lit et a déchiré sa robe. Elle a appelé à l'aide, mais personne ne pouvait l'entendre. Sauf moi.

Je ne savais pas quoi faire. Je me suis mise à trembler de toutes mes forces, de toute mon énergie, de toute ma rage. Depuis le centre de la terre, j'ai tremblé d'une colère tellurique jusqu'à ce que les meubles commencent à bouger, et puis aussi les plafonniers, les tableaux, les rideaux. Il s'est arrêté au moment où l'armoire posée contre le mur s'est fracassée sur le parquet en faisant un bruit de tonnerre. Il a levé les yeux, a vu tout valser autour de lui et a été pris de panique. Ce crisse d'épais est parti en remontant ses culottes, sans un regard pour elle.

Je ne sais pas par quel miracle Armand Colère a eu l'intuition de revenir, justement ce jour-là, quelques heures plus tard. Il a sonné longtemps, longtemps. Quand il a vu que Dumontine ne répondait pas, il est passé par-derrière et a cassé la vitre de la cuisine pour entrer quand même. Il l'a cherchée partout en bas, en criant son nom de plus en plus fort, puis il a monté l'escalier quatre à quatre. Il l'a trouvée là, apeurée, dans le lit de la grande chambre du fond.

Il l'a prise dans ses bras. Et n'est plus jamais reparti.

Finalement, j'ai dû me résoudre à prendre des mesures de survie. D'abord, trouver de l'eau. Ça ne semblait pas si difficile : il y en a plein le jardin. Il suffit de sortir et de se servir. J'ai mentalisé l'opération : collant de laine, pantalon en velours, pulls, grosses chaussettes, bottes fourrées trouvées dans le sous-sol, gants, moufles fourrées trouvées dans le sous-sol, écharpe, bonnet, parka. Seaux, bassines dans l'entrée. Masse, marteau, scie, en espérant que ça irait – je n'ai jamais cassé de la glace de toute ma vie de Bretonne, moi. Ouvrir le rideau de velours rose, enlever les journaux qui capitonnent la porte et affronter l'hiver polaire. Rien de bien compliqué.

J'avais tout prévu, sauf de ne pas réussir à ouvrir la porte. Pas la première – elle a obéi en grinçant un peu après que j'ai dégrippé le verrou qui avait perdu l'habitude de tourner – mais l'autre. Je n'y avais pas pensé, à l'autre, forcément. Chez nous, il n'y a pas deux portes pour entrer dans les maisons, une seule suffit. Ici, avec ces hivers de fou, ils sont obligés de doubler. Comme les fenêtres. L'été, ils installent des moustiquaires sur toutes les ouvertures – vu la taille des maringouins, t'as pas intérêt à oublier –, et l'hiver, ils changent les châssis pour poser un double vitrage. Je n'ai pas compris tout de suite quand j'ai trouvé toutes ces fenêtres dans le sous-sol, à mon arrivée. C'est en démontant les moustiquaires pour les réparer que j'ai fait le lien. Aux premières gelées, je me suis attelée à la tâche. Ça m'a pris au moins trois jours : déposer toutes les moustiquaires et les remplacer par du double vitrage, en attendant le printemps.

Curieusement, les fenêtres du salon étaient déjà équipées, ce qui m'a dispensée de m'en occuper. Sans doute était-il condamné depuis longtemps. Dumontine ne devait pas s'en servir beaucoup plus que moi.

Les portes, elles, restent doubles été comme hiver. Mais j'ai quand même été obligée de les dégonder pour les raboter ; elles n'avaient pas été utilisées depuis si longtemps que le bois avait joué. J'ai commencé par celle de la cuisine, qui mène au jardin. Toute seule, j'en ai bavé. Du coup, j'ai failli renoncer à attaquer celle du perron en me disant que, de toute façon, je ne m'en servirais pas et que je n'aurais qu'à passer par-derrière, comme je l'avais fait tout l'été. J'avais pris cette décision, mais j'ai changé d'avis après la première grosse chute de neige. Quand j'ai réalisé la quantité qu'il peut tomber en quelques heures et que j'ai calculé le temps que ça me prendrait de pelleter un passage depuis l'arrière du jardin jusqu'à la rue si par malheur j'avais besoin de sortir, je me suis résignée à m'occuper aussi de la porte d'entrée. Vu la force avec laquelle le vent a soufflé durant les semaines qui ont suivi et la manière dont la température a dégringolé à de nombreuses reprises, je sais que j'ai drôlement bien fait.

Sauf que maintenant, au moment de sortir pour récupérer de la glace, pas moyen de décoller le battant. Il est scellé par le froid, et je n'ai aucune idée de comment m'y prendre pour l'ouvrir. J'ai tapoté, secoué, poussé, tiré. J'ai même pensé à faire chauffer la lame de la scie sur le fourneau, puis à la glisser entre le chambranle et le châssis dans l'espoir de faire fondre la glace. N'importe quoi. Autant essayer de faire fondre la banquise avec une allumette.

Avant de m'affoler complètement, j'ai tenté ma chance avec la porte de la cuisine en espérant qu'elle serait moins gelée. Tu parles ! J'ai passé la journée à tâcher de trouver une solution sans avancer d'un poil. Je pourrais casser les doubles carreaux d'une fenêtre, mais ça reviendrait à ouvrir un passage béant pour le froid, ce qui serait de la folie furieuse.

Je suis enfermée. Prisonnière d'elle. Ou plutôt de la glace qui nous séquestre, elle et moi. Et s'il arrive quelque chose de grave, je ne peux pas m'enfuir.

Même si je ne veux pas y penser, je ne pense qu'à ça. Et je les sens qui se réveillent en moi : les sons les images l'odeur – l'odeur atroce – les crépitements le souffle les hurlements la panique l'horreur, prêts à revenir, à m'envahir, à m'engloutir si je baisse la garde ne serait-ce qu'un quart de seconde.

Pas question.

Je me suis dit qu'il était temps d'appeler les secours. Ou au moins d'aller voir sur Internet ce que préconisent les autorités québécoises en pareil cas.

La panique m'a vraiment envahie quand j'ai découvert que je n'avais plus de connexion. Forcément, une panne générale d'électricité depuis quatre jours, ça touche aussi les émetteurs et les relais. Le temps que je réalise que, sans connexion, il est impossible de trouver le numéro d'appel des urgences de Montréal, puis que je me décide à appeler là-bas – il y a peu de risques que la Bretagne soit elle aussi prise par la glace – pour lui demander de chercher sur son ordinateur et de me l'envoyer, ma batterie, déjà pas très vaillante, était complètement déchargée.

Cette fois-ci, j'étais vraiment toute seule. Et carrément dans la merde.

Il a fallu l'incident des portes gelées pour que je commence à comprendre. Elle a passé la journée à s'échiner sur celle de devant, puis sur celle de derrière, sans parvenir à les ouvrir. Bien sûr qu'elle ne peut pas les bouger ; si elle les avait vues du dehors, elle aurait tout de suite laissé tomber : je suis entièrement recouverte d'au moins dix centimètres de glace, perron compris. Le seul moyen d'ouvrir, c'est d'attaquer la couche par l'extérieur avec un piolet ou avec une source de chaleur. Et encore, pour la source de chaleur, je n'en suis pas certaine. Il fait si froid que ce qui fondrait gèlerait de nouveau immédiatement.

Ce n'est pas si grave, il lui reste encore au moins deux jours d'eau en stock. Cette tempête ne va pas durer éternellement. Les conditions finissent toujours par s'améliorer, et l'électricité par revenir. D'ailleurs, ils y travaillent dur : des employés d'Hydro-Québec s'affairent dans la petite usine d'à côté, pendant que d'autres partent à l'assaut des poteaux pour les redresser et rebrancher les câbles qui ont lâché sous le poids de la glace. C'est l'affaire de quelques heures, tout au plus.

Je me demande pourquoi elle panique. On est bien, pourtant, toutes les deux. De mieux en mieux, même, depuis qu'elle est sortie de sa crise. Je ne sais pas exactement ce qui s'est produit dans sa tête pendant ces jours où elle a pété sa coche, mais au bout du compte, ça lui a fait un bien fou. Depuis, elle a passé des heures assise dans l'escalier à décaper la rampe en chantonnant – presque toujours la même toune. C'est très étrange, mais j'ai reconnu assez vite l'air préféré de Dumontine, qu'elle pouvait jouer non-stop sur son violoncelle jusqu'à ce que je ne sache plus si je souhaitais ardemment que ça s'arrête immédiatement ou que ça ne s'arrête jamais.

C'est vraiment bizarre, le violoncelle. À la fois très beau et très irritant. Au bout d'un moment, j'avais l'impression d'être moi-même devenue violoncelle et que c'était mon bois à moi qui vibrait de toutes ses fibres.

Et puis cet air-là, selon la manière dont on le joue, il est déchirant de tristesse ou bouleversant de joie. Dumontine avait l'art de glisser de l'une à l'autre, sans qu'on puisse savoir ce qu'elle avait dans le cœur. Je crois que pour elle, c'est pareil. Elle oscille et, du coup, on ne sait pas à quoi s'en tenir. Peut-être qu'elle non plus.

Toujours est-il que quand elle s'est rendu compte que la porte était bloquée, elle a cessé de chanter. Net. C'est au moment où elle s'est assise à la table de la cuisine, éclairée à la bougie, devant son téléphone qui venait de s'éteindre, que j'ai eu cette sensation fulgurante : la vibration a cessé, elle aussi. Net. Elle ne dégageait plus rien.

Une impression de vide et de soulagement m'a envahie, exactement comme quand le grésillement de l'usine d'à côté s'était tu. Ou plutôt le contraire : d'abord soulagée que s'arrête enfin cette petite démangeaison dont je n'arrivais toujours pas à dire si elle était agréable ou désagréable, puis légèrement dépitée de réaliser qu'elle me manquait un peu et que ne rien sentir était encore plus pénible que cette espèce de gratouillis auquel je m'étais, finalement, habituée.

La vibration, c'est quand elle va mieux, mais dès qu'elle rechute, je ne la sens plus. Ce qui revient à dire que son mieux-être provoque en moi cette sensation inconfortable et que c'est plus agréable, pour moi, qu'elle aille mal. Maudit supplice...

J'en étais à ce point de ma réflexion quand un sauveur nous est quasiment descendu du ciel. Ou plutôt de la grosse Jeep militaire qu'il venait de garer sous mon nez. Parka fourré, tuque enfoncée jusqu'aux sourcils et, surtout, gros crampons sous les bottes, il a marché sur la glace comme Jésus sur les eaux, a gravi quatre à quatre les marches du perron, et a tambouriné à la fenêtre et à la porte en gueulant tout ce qu'il a pu :

— Il y a quelqu'un, icite ? T'es-tu correc ? Jésus, je vous dis.

Si quelqu'un m'avait dit qu'un jour, je serais contente de voir débarquer l'armée, je crois que je lui aurais ri au nez. L'antimilitarisme, dans la famille, c'est une culture de base, au même titre que le beurre salé, les sardines à l'huile et le vent du large. « Le Breton aime la mer mais pas les militaires », disait mon grand-père. Je n'ai jamais su pourquoi, il n'a jamais voulu m'expliquer : dès qu'on abordait le sujet, il se fermait comme ses huîtres. Pire : comme ces saletés de vernis qui t'appâtent la coquille grande ouverte – on dirait qu'ils sourient –, puis qui se referment au moment où tu veux les manger, et plus moyen de les desceller.

Du coup, c'est devenu tabou. Pas de militaire chez nous, un point, c'est tout. Sauf que, quand j'ai capté la voix de celui-là, j'aurais pu renier grand-père et mère pour qu'il ne parte pas. J'ai gueulé tant et plus. Il a fini par m'entendre.

— Allô ! T'as-tu besoin d'aide ?

J'ai expliqué, derrière la porte de l'entrée, que j'étais bloquée et que je ne pouvais plus sortir.

— Inquiète-toi pas, ça sera pas long !

Je l'ai entendu taper autour du chambranle, gratter, piocher, racler et secouer la porte avec toute la force dont nous avions besoin, elle et moi. Dix minutes plus tard, miracle : irruption d'un parfait colosse en uniforme, couvert de givre, au milieu d'un nuage de froid. Il a vite refermé le battant derrière lui, enlevé son bonnet et ses gants, et commenté avec un grand sourire :

— Ça, pour être gelée, t'étais ben gelée !

La première chose que j'ai vue, ce sont ses yeux. Il avait les mêmes que lui, exactement. Verts avec des reflets mordorés. Ça m'a sidérée.

— T'es-tu correc ?

Impossible de lui répondre. Ça faisait tellement longtemps que je n'avais vu personne, ni entendu quelqu'un me parler ; ça faisait tellement longtemps que je n'avais pas vu ses yeux. J'étais figée devant le mec comme si le froid qui était entré avec lui m'avait congelée sur place.

— T'es-tu seule chez vous ?

J'avais beau essayer, incapable d'aligner trois mots.

— Viens-t'en dans la cuisine, on va prendre une tasse de quelque chose de chaud.

Je l'ai suivi comme un robot.

— Ah ! Il fait ben bon, icite ! Ça me rassure, tu manques de rien.

— Si, d'eau. Je vais bientôt manquer d'eau.

— J'ai ça dans ma Jeep, je peux te donner un pack. Mais je peux aussi te conduire au centre communautaire. Il y a des lits, de la soupe… La Croix-Rouge a tout organisé pour vous.

— Non, non, je veux rester ici.

— OK. T'as-tu un chum ou des enfants qui vivent chez vous ?

Il a dû me prendre pour une folle – il avait sans doute raison. C'était qui, la dernière personne vivante avec qui j'avais parlé ? Le livreur de la pharmacie, il y avait quoi, deux mois ? Et encore, « parlé », c'est beaucoup dire. Bonjour, merci, au revoir. On ne peut pas appeler ça une conversation. Là, le mec venait de m'envoyer une bombe atomique en pleine tronche et voulait que je lui réponde, vraiment, pour évaluer mon état de détresse et savoir s'il pouvait me laisser seule ou s'il devait m'obliger à évacuer. Je me suis concentrée pour tenter de lui servir quelque chose d'à peu près cohérent.

J'ai répondu que non, il n'y avait pas d'enfants, et quand j'ai entendu ces mots sortir de ma bouche, j'ai attendu que le sol s'ouvre sous mes pieds comme les dernières fois, mais il ne s'est rien passé.

Alors j'ai vite enchaîné pour que Superman ne se rende pas compte de l'énormité de la situation. J'ai dit que oui, j'étais « correc », à part l'eau et plus beaucoup de bougies. Que oui, je venais de France et que non, là-bas, les hivers ne ressemblaient pas à ça. Que oui, j'avais des provisions pour tenir au moins six mois et du bois ras la cave, et que oui, tous les conduits avaient été ramonés au printemps dernier.

Il était gentil, souriant, joyeux. Vivant. Il est retourné dans sa Jeep chercher deux packs d'eau et, merveille, une torche à manivelle, dont il m'a montré le fonctionnement : tu moulines, tu moulines, et ça active la batterie, qui permet à l'ampoule de s'allumer.

Il m'a demandé une dernière fois si j'étais « correc » et si j'étais sûre de ne pas préférer qu'il m'emmène au refuge de la Croix-Rouge. Devant mon refus, il a dit :

— Je comprends. Moi, pareil, j'irais pas non plus.

Et puis il est parti.

J'ai refermé les deux portes derrière lui. Tiré le gros rideau rose, rangé les bouteilles d'eau dans le garde-manger. Il faisait nuit noire, il était temps d'aller me coucher, mais j'étais sonnée, comme si je venais de traverser une tempête en plein blizzard.

J'avais besoin de décanter.

J'ai allumé une bougie neuve, vidé une demi-bouteille d'eau claire dans la bouilloire pour me préparer une grosse théière de tisane au miel. Pendant qu'elle chauffait, je suis montée dans ma chambre recharger le petit Ladouceur à la lueur de ma torche à manivelle. La douceur du foyer.

J'ai aussi rechargé le fourneau du bas, versé l'eau bouillante dans la théière, puis je me suis assise sur la chaise à bascule de la cuisine et j'ai laissé venir ce qui devait venir.

Hallucinant. Dès qu'elle s'est retrouvée en face de lui, je l'ai sentie revenir avec une intensité foudroyante : la vibration. Elle est partie de sous ses pieds, s'est diffusée comme une explosion dans le carrelage de l'entrée avant de remplir chacune de mes particules, comme les autres fois, mais à la vitesse d'un éclair. C'est ça : elle m'a foudroyée, de haut en bas. Après, j'ai eu l'impression d'avoir été irradiée. De bourdonner, de crépiter, comme si des milliers d'étincelles se baladaient partout à l'intérieur de moi.

Des milliers d'étincelles qui se baladent partout à l'intérieur d'une maison en bois, il y a quand même de quoi s'inquiéter. Ça m'inquiète, d'ailleurs. De plus en plus. Parfois, je me sens comme un fagot géant qu'un rien pourrait embraser. C'est terrifiant. Et délicieux aussi. Après toutes ces années à décrépir petit à petit et à me gorger d'humidité lentement en attendant que les champignons et la pourriture me jettent à terre, être réchauffée de cette manière, aérée, retapée, habitée, même avec toute la rudesse dont elle est capable, c'est une bénédiction.

Franchement, je me voyais finir comme la maison Pilon. Défigurée, écharognée, balafrée et puis effoirée par la mâchoire des bulldozers pour terminer en un vaste tas de gravats aplati par un rouleau compresseur, avant d'être recouverte d'asphalte et transformée en stationnement pour voitures usagées.

Ou bien comme celle d'Émerencienne, qu'elle n'a jamais voulu qu'on répare. Dépecée par les démolisseurs, et puis jetée à terre pareil, avant de disparaître sans laisser de traces. Tout ce qu'il en reste est dans le sous-sol et passe au feu morceau par morceau. À défaut d'autre chose, ça nous tient chaud...

J'ai au moins échappé à ça. À la place, me voilà convertie en une sorte de couveuse pour Française maganée. C'est vraiment l'impression qu'elle me fait : un pauvre être chétif venu se mettre à mon abri, sans s'en rendre compte, le temps de reprendre des forces pour revenir à la vie.

Je ne sais pas ce que Dumontine a zigonné pour la faire arriver jusqu'à moi, mais dans le fond, ça lui ressemble assez. Ce n'est pas la première fois que je sers de couveuse. Quand Émerencienne est venue vivre ici, après la catastrophe, c'est ça qui s'est déjà passé. J'étais la couveuse, et elles, à la fois les petites et les infirmières. C'est spécial, les jumelles. Chacune était le chagrin et la consolation, le mal et le remède. On s'y est mises toutes les trois pour les ressusciter, et ça a bien pris plusieurs saisons. Plusieurs années même, avant que leurs joues rosissent de nouveau et qu'elles se remettent à rire ensemble. Au moins de temps en temps.

Mais pendant toutes ces années, et même avant – en fait, depuis le début de ma construction, quand je n'étais encore que des tas de matériaux en attente d'assemblage posés sur le terrain –, je n'ai jamais senti ce que je sens de plus en plus précisément depuis qu'elle est arrivée, elle. Cette étrange vibration qui augmente de jour en jour et fait des allers-retours entre elle et moi.

Quand Jésus a parlé des enfants, c'est comme si la totalité des radiations qui m'ont envahie à son arrivée se retiraient de moi à toute allure pour la réintégrer. Ça s'est passé si vite, avec tant de puissance, que je me suis demandé comment ça ne l'avait pas, elle, désintégrée. Et puis dès qu'elle a repris le fil, c'est reparti dans l'autre sens, et ça m'a remplie de nouveau. Vertigineux.

Après le départ de Jésus, j'ai continué à crépiter, et elle est restée longtemps dans la cuisine, à se balancer dans la berceuse en buvant de la tisane. Rien à voir avec la fille d'avant, comme si elle était devenue une autre personne.

J'espère quand même qu'elle n'est pas tombée en amour de ce type sous prétexte qu'il a changé la glace en eau et apporté la lumière. Ce serait d'un commun...

J'ai passé une sale nuit, après la visite de Superman. J'ai commencé à penser à lui, beaucoup. Lui et ses yeux verts. Lui et notre rencontre. Lui et notre bonheur. Lui et notre vie d'avant. Lui, lui, lui, tout le temps, partout.

Je ne voulais pas. Je ne veux plus. Qu'ils n'existent plus, jamais. Que tout ça ne soit pas arrivé. Je ne vois pas comment la vie peut être possible autrement. Le seul moyen, c'est qu'il disparaisse, que tout disparaisse, comme eux. Comme lui. Comme moi.

Je suis là pour ça. Disparaître complètement. Et renaître, peut-être. Ça commence à marcher, on dirait. Je reprends vie petit à petit. Je prends soin d'elle, et elle prend soin de moi. Maintenant que j'ai compris, je fais tout mon possible pour ne pas l'abîmer, ni la décevoir. Pour aller dans son sens, respecter son âme. Au début, je croyais que c'était seulement un gros chantier qui allait tellement m'accaparer et m'épuiser qu'il ne laisserait aucune place à quoi que ce soit d'autre. C'était exactement ce que je voulais : être ailleurs, envahie par un truc sans importance, qui ne laisse aucune place à autre chose.

Je l'ai attaquée à la hussarde. Je n'y suis pas allée de main morte. Elle s'est laissé faire, elle m'a laissée faire. Pas une écharde, pas un bleu, pas une coupure, rien. Pas même un léger pincement dans une porte, un petit coinçage dans une charnière, elle a été d'une docilité exemplaire. Je ne m'en rendais pas compte, et pourtant je me suis conduite comme une brute. Une idiote. Une machine.

C'est quand j'ai trouvé ces photos, dans la chambre jaune, que j'ai réalisé que j'étais en train de la martyriser. Ou plutôt que, peut-être, elle méritait quelques égards. Un minimum de considération. Comprendre sa vie, connaître son histoire et découvrir quelques bribes de cette Dumontine – c'est quand même grâce à elle si je suis ici –, ça m'intéressait moyennement. J'ai déjà assez à faire avec mon histoire à moi. Mais, au moins, faire preuve d'un peu de douceur et de compassion.

J'en étais à peu près là quand j'ai pété les plombs. Bêtement, pour une histoire de date alors que j'avais réussi à oublier, complètement, ce putain de calendrier. J'ai dévissé grave, et d'un coup. J'ai été happée vers le fond, prise par le froid et l'obscurité, dans la spirale, exactement comme les jours où tout est arrivé. Panique totale. Et en même temps, soulagement de pouvoir me laisser sombrer cette fois-ci, sans que personne ne soit là pour me rattraper.

Je ne voulais pas qu'on me rattrape. Je voulais seulement les rejoindre et que tout soit fini.

Mais elle m'a rattrapée. Je ne sais pas de quelle manière ni pourquoi, je ne sais même pas comment c'est possible. C'est complètement dingue de croire une chose pareille, pourtant c'est la vérité : c'est elle qui m'a rattrapée, et personne d'autre. Je l'ai senti en décollant la tapisserie. Une espèce de picotement qui traversait mes ongles et mes doigts. Comme si ses murs me distillaient un fluide, une énergie, par capillarité. Plus je grattais, plus je le sentais. Plus je le sentais, plus je grattais. C'était plus fort que moi. Et aussi plus fort que la spirale. Plus fort que la douleur, plus fort que le chagrin, plus fort que tout. Je n'ai pas pu résister. Je n'ai même pas essayé ; je n'en avais pas envie.

À un moment, je ne sais pas quand, quelque chose a basculé. J'ai senti que ça y était, j'avais fini de me noyer. Je crois.

D'ailleurs, l'archet de Rostro a cessé de me scier le cerveau. Ça faisait des semaines, des mois, même, qu'il me vrillait la tête comme un acouphène sans fin. Le jour, la nuit, tout le temps. J'ai d'abord tenté de le virer, mais quand j'ai vu que je n'y arrivais pas, je l'ai laissé s'installer en faisant comme s'il n'était pas là.

Pour qu'il se fonde dans le boucan ambiant et que je ne l'entende plus.

En fait, ça n'a pas marché. Je suis seulement sortie du *Prélude* dans lequel j'étais enfermée pour passer à la suite. Je la connais par cœur : l'*Allemande* douce et tendre, paisible comme un escalier qui monte tranquillement vers un endroit plus dégagé.

Je crois que c'est à ce moment-là, quand l'*Allemande* a commencé, que j'ai réalisé qu'on n'entendait plus les voitures ni les camions. C'était comme un miracle, une faille spatio-temporelle : il n'y avait plus aucune circulation sur le boulevard – si ça se trouve depuis plusieurs jours, et je ne m'en étais pas rendu compte. Sans doute à cause de l'épaisse couche de glace qui la recouvrait entièrement : plus rien de l'extérieur ne parvenait jusqu'à moi.

Mais si la circulation s'était arrêtée, alors pourquoi continuait-elle à vibrer ?

Honnêtement, je ne la reconnais plus. Je ne sais pas si je dois m'en réjouir ou m'en inquiéter. Le lendemain du passage de Jésus, le jour s'est levé sur un ciel complètement dégagé, et le soleil a repris ses droits. Il faisait encore trop froid pour que la glace fonde, mais tout était lumineux et resplendissant. Après avoir expédié son déjeuner, au lieu de retourner décaper notre escalier – il doit lui rester quatre barreaux à tout casser –, elle a fait quelque chose d'inimaginable : elle s'est dirigée vers le salon, a ouvert la porte, a tourné la manivelle de sa torche pour se repérer jusqu'au bow-window et a écarté les rideaux.

Il ne s'est rien passé d'extraordinaire, hormis une série d'éternuements provoquée par un nuage de poussière. Les vitres étaient obstruées par une épaisse couche de cartons, elle-même posée sur quelques centimètres de papier journal. Rien qui puisse la décourager ; ces derniers mois, elle en a arraché d'autres, des couches de quétaineries !

Il lui a fallu une bonne demi-heure pour dégager entièrement les grandes baies et un quart d'heure supplémentaire pour libérer les deux autres fenêtres de tout ce qui les aveuglait. C'était bizarre : elle n'a absolument pas regardé autour d'elle avant d'avoir réussi à faire entrer le plus possible de lumière du jour dans la pièce. À croire que cette fille manque totalement de curiosité. Quand elle a eu terminé, elle s'est retournée lentement pour balayer l'espace du regard : méridienne, fauteuils, tapis, le petit guéridon en marbre avec son lumignon ridicule qu'Émerencienne aimait tant mais que Dumontine détestait. Les vieilles photos encadrées sur le trumeau de la cheminée. Le mur du fond couvert de livres. Le charmant secrétaire en marqueterie, surmonté de sa lampe en porcelaine beaucoup trop fleurie, sur lequel Dumontine a corrigé tant et tant de cahiers, et, le long du mur d'à côté, le meuble qu'Eusèbe lui avait fabriqué sur mesure pour qu'elle puisse ranger ses affaires d'école.

Elle regardait tout ça sans bouger. On aurait dit qu'elle ne savait pas par quel bout commencer.

Moi, ça m'a mise dans un drôle d'état. Comme si je me réveillais d'un long, long sommeil. Je me suis sentie propulsée dans un passé que j'avais presque oublié.

J'ai retrouvé Viateur et Alfonsine comme ils étaient pendant ma construction et, surtout, pendant la si joyeuse période de mes finitions. Chacune de leurs visites était un rendez-vous d'amoureux, autant pour moi que pour eux. Je l'ai revue, elle, qui semblait à la fois si frêle et si puissante, son gros ventre pointé en avant. Elle me flattait avec tant de tendresse et de bonheur. Si je me concentre bien, je peux percevoir encore le parcours de ses doigts sur mes murs, la douceur de sa paume sur la rampe de mon escalier, la délicatesse de son front posé sur la vitre de la fenêtre de la grande chambre du haut, quand elle « regardait » le jardin. Il n'existait pas encore mais elle, au milieu de ce chaos de fin de chantier, elle le voyait déjà. Avec une telle acuité que moi, je le voyais aussi. Il passait directement de son cerveau à ma fenêtre, et je sentais l'odeur du lilas, le frôlement des oiseaux, les jeux de lumière et d'ombre portée à travers les branches des arbres, sur ma façade tout juste peinturée. Il ne fallait jamais attendre longtemps avant que Viateur la rejoigne. L'embrasse dans le cou, l'enlace de ses bras solides pour la faire danser sur mon plancher pas encore ciré, qui fleurait bon le bois fraîchement poncé.

— Elles vont être heureuses, ici, j'en suis sûre.

J'ai retrouvé sa manière de parler comme une Française. Et je me suis rendu compte que Dumontine, Émerencienne et moi parlions aussi de cette façon : du français de France, avec de bons gros morceaux de québécois à l'intérieur. Notre héritage.

— Comment sais-tu que ce sont des filles ?

— Je le sais. Ma mère me l'a dit.

Ça le mettait toujours mal à l'aise qu'elle parle de sa mère et, chaque fois, il la faisait taire d'un baiser. J'avais hâte qu'elle m'en parle à moi aussi, pour comprendre pourquoi. Ou qu'elle vienne un jour avec elle pour me la présenter et me faire visiter, mais, évidemment, ça n'est jamais arrivé.

Et puis il y a eu cette journée... J'étais presque terminée. Les petites étaient nées, elles dormaient dans leur landau, à l'ombre du perron-galerie. Ils se sont installés dans le salon, là, juste devant le bow-window qu'elle vient de dégager. Viateur a déposé un carton à dessin sur la planche et les tréteaux qui servaient de table à encoller au peintre chargé de poser le papier peint – le fameux papier coquillages, vert et or, choisi avec tant de soin par Alfonsine, que Dumontine choisira de nouveau avec le même soin vingt ans plus tard.

— J'ai une surprise pour toi ! a-t-il annoncé cérémonieusement.

Et il a raconté l'histoire incroyable d'un vieux menuisier français qu'il avait rencontré sur un chantier et qui avait travaillé à Paris dans l'atelier de Bartholdi pendant la construction de la statue de la Liberté.

— Tu te rends compte ? C'était l'année de ta naissance !

— Si ça se trouve, ton bonhomme, il a connu ma mère ?

— Ta mère et ton père, mon amour. Imagine-toi que c'était un chum à Zéphyr, ils faisaient des affaires ensemble. Il a même assisté à la première rencontre de tes parents, lors de je ne sais plus quel concert à Paris. Il se souvient parfaitement de leur départ pour venir par chez nous.

— Ça alors ! Je veux absolument le connaître !

— C'est prévu, tu penses bien. Mais avant de te le présenter, je voulais que tu voies ce que je lui ai demandé de fabriquer pour toi.

Il a ouvert son carton, et j'ai vu apparaître, en même temps qu'Alfonsine, les croquis colorés d'une patente qu'on a eu toutes les deux du mal à comprendre.

— C'est joli, mais qu'est-ce que c'est ?

— C'est un vitrail, pour mettre au-dessus d'une porte d'entrée. J'ai pensé que ce serait parfait pour la maison d'Émerencienne.

— On dirait la couronne...

— ... de la statue de la Liberté ! Exactement ! Il a fini de la fabriquer, il viendra l'installer la semaine prochaine.

J'avoue, ça m'a fait de la peine que cette merveille ne soit pas pour moi. J'étais débutante, en matière de jumelles. Je ne savais pas encore que la joie se partage et que le bonheur traverse les cours, les jardins, les façades et les impostes. Et nous ignorions tous encore que, les nuits d'hiver, grâce à l'ingénieux bricolage électrique d'Eusèbe, les couleurs du vitrail-couronne d'Émerencienne viendraient égayer le trottoir, presque jusque devant ma porte à moi.

J'étais tellement envahie par mes jolis souvenirs que je l'avais un peu oubliée, elle. Je ne l'ai pas vue repérer l'étui du violoncelle, mais je l'ai entendue murmurer :

— Ça alors...

Elle s'est approchée avec beaucoup de précautions. A tendu lentement une main jusqu'au couvercle. A dessiné des volutes avec son doigt sur la poussière qui le recouvrait, en évitant soigneusement les petits clapets de fermeture, comme si elle avait peur de se brûler.

Sous ses pieds, la vibration s'est accélérée, une onde après l'autre, de plus en plus électrique. Nous étions toutes les deux suspendues dans cet étrange moment.

Elle a mis longtemps avant de se décider. Et puis elle a pris l'étui dans ses bras avec une attention infinie, l'a allongé par terre, sur le tapis, au milieu du salon. On aurait dit un gisant qu'elle veillait. Lentement, très lentement, elle a actionné les clapets, l'un après l'autre, comme on déboutonne un vêtement, avant de soulever le couvercle capitonné de velours rose. Je me souviens parfaitement du jour où Émerencienne a découvert la couleur de ce capiton.

— Voyons donc, c'est ton Armand qui a fait ça ?

— Oui, pour mon anniversaire, avec les restes du velours de maman. Il y a passé plusieurs fins de semaine, en secret...

Émerencienne l'avait caressé avec volupté avant de murmurer quelque chose qui avait fait rougir Dumontine, qui lui avait tapé sur les doigts en disant :

— Veux-tu donc bien cesser !

Ma petite Française aussi a rosi en faisant courir ses doigts sur le velours passé. Elle a mis un temps interminable avant d'oser toucher l'instrument. On aurait dit qu'elle était penchée sur un berceau et qu'elle regardait un bébé endormi en ayant peur de le réveiller. Elle a commencé par effleurer le bois avec tendresse. Et puis elle a lissé délicatement les cordes détendues avant de les faire sonner timidement. Le violoncelle a poussé un long soupir, très grave et pas très vaillant. Quand elle l'a sorti de l'étui, les cordes ont gémi en tremblotant. Elle avait l'air émue comme Dumontine le jour où elle a ouvert ma porte à Armand. Bouleversée, même, quand elle s'est relevée avec précaution, a tiré la chauffeuse verte pour s'asseoir et pris l'instrument dans ses bras avant de le glisser entre ses genoux, le manche contre son cou, pour mieux l'enlacer.

Une grosse larme a coulé le long de sa joue et s'est écrasée sur la caisse de résonance. Dans ce silence si dense, le petit *poc* a semblé presque assourdissant.

Elle pleurait, mais pas comme les autres fois. Je crois bien qu'elle pleurait de joie.

La dernière chose que j'aurais pensé trouver ici, c'est un violoncelle. Je crois que si on me l'avait dit, je ne serais pas venue. J'étais sûre et certaine de ne plus jamais vouloir toucher une corde ou un archet de toute ma vie.

Je ne sais pas ce qui m'a pris de décider d'entrer dans le salon ce matin. Le silence, peut-être. Depuis que la circulation s'est arrêtée, j'ai l'impression que tout est plus grand. Ou, plutôt, c'est ce dont j'ai envie. Et d'ouvrir mes écoutilles. Besoin d'espace, de lumière, de respirer. D'air frais.

Bon, pour l'air frais, il va falloir attendre encore un peu. C'est pas demain la veille qu'on pourra ouvrir les fenêtres. Ce matin, le thermomètre de la cuisine indiquait – 6 °F. En Celsius, ça doit chercher dans les – 30°, au bas mot. Alors j'ai opté pour la lumière et je suis partie à l'assaut d'un nouveau territoire. J'espérais trouver au moins de quoi renouveler mes lectures, histoire de tenir tranquillement jusqu'au dégel.

Et peut-être aussi quelques indices à propos de Dumontine. Je ne sais rien d'elle finalement, à part qu'elle a sans doute passé toute sa vie ici, qu'elle était institutrice et qu'elle n'avait pas de descendant. Pas de descendant direct en tout cas. Pour le reste, mystère. La seule chose qui est sûre, c'est qu'il y a de l'amour partout dans cette maison. Je le sais, je le sens.

Et puis voilà que je tombe sur un violoncelle. J'ignore si c'est le sien. Mais quand j'ai vu l'étui, mon cœur s'est mis à battre à toute allure. J'ai eu peur. Une trouille gigantesque. Deux, en fait. La peur qu'il soit vide. Et la peur, encore plus violente, qu'il ne le soit pas.

Il est très beau. Une silhouette élégante, d'un rouge brun foncé que je n'avais jamais vu. Il a l'air très vieux aussi. Pas du tout abîmé, juste un peu endormi. Comme moi, je crois. Avant même de le sortir, j'ai senti que j'avais envie. Une envie aussi gigantesque que ma peur. Envie de le respirer. De le toucher, de l'explorer, de l'entendre et de l'écouter. De le prendre avec moi. De le sentir vibrer. De vibrer avec lui.

J'ai tenté de retendre les cordes, mais les chevilles sont complètement grippées. Il faudrait le réviser entièrement et mettre des cordes neuves. J'ai quand même essayé de l'accorder, pour un résultat assez piteux. Mais quelques pizz m'ont suffi pour savoir, pour sentir qu'il sonne bien. Magnifiquement bien même. Au fond de la boîte, il y avait un pauvre archet tout échevelé, dont je n'ai rien pu faire. Mort de chez mort. J'ai cherché partout dans le salon où elle aurait eu l'idée d'en ranger un deuxième, plus acceptable, mais je n'ai rien trouvé. Je ne sais pas depuis combien de décennies personne n'en a joué. Mais je suis sûre qu'il est extraordinaire : même le bruit de mes doigts sur la caisse sonne bien.

Maintenant, je n'ai pas d'autre choix qu'attendre. Une fois le courant rétabli, je pourrai récupérer une connexion et trouver un luthier et un archetier à Montréal pour acheter tout ce qu'il lui faut.

Ça m'a tellement manqué. Comment ai-je pu imaginer que plus jamais ?

Ça me fait vraiment du bien. Je n'aurais pas cru que c'était à ce point important pour moi, et pourtant si. Elle a passé la journée dans le salon à fureter dans les affaires de Dumontine, et j'en suis toute réjouie. Comme si elle voyait enfin qu'on existe. Comme si elle s'intéressait à moi – à nous – autrement que pour m'étriller et me refaire le portrait.

Elle a allumé un feu dans le poêle. Ça nous a un peu emboucanées, le temps qu'il se réchauffe. Lui non plus, il n'avait pas joué depuis tellement longtemps. Elle a tiré la méridienne en face du foyer et a déposé tout autour les boîtes, papiers, patentes glanés un peu partout dans la pièce pour les étudier tranquillement. Après, elle est allée chercher sa tasse préférée et la vieille théière, qu'elle a posée sur le coin du poêle, puis elle s'est emmitouflée dans une grosse douillette descendue de sa chambre et elle est partie à ma découverte. À notre découverte, à Dumontine et à moi : toute notre histoire éparpillée autour d'elle, une boîte après l'autre.

J'ai reconnu les plans de Viateur, dessinés il y a plus de cent ans. Ceux de la maison d'Émerencienne et les miens, et puis les croquis de l'imposte couronnée, sur de grands rouleaux de papier jauni. Il y avait aussi les cahiers d'école de Dumontine, conservés religieusement et classés année par année. Les photos du mariage d'Émerencienne et Eusèbe, dans une boîte à fleurs, les faire-part de naissance de la petite, et puis des coupures de presse relatant le drame. Elle ne les a pas lues. Quand elle a compris de quoi ça parlait, elle a tout remis dans la boîte et a fermé le couvercle en appuyant vraiment fort dessus, comme pour les empêcher de lui sauter à la face.

Ça lui a quand même sauté à la face, nettement. Je l'ai senti dans la vibration : semblable à celle de l'autre jour, pendant la visite de Jésus, mais de manière encore plus puissante. Ça crépitait de plus en plus vite, de plus en plus vif, à partir de la méridienne sur laquelle elle était lovée. Des milliers de picotis m'ont parcourue, de la cave au grenier. C'est drôle, ça me fait de plus en plus de bien et de moins en moins peur.

Et puis, au moment de la boîte à fleurs, tout s'est arrêté d'un coup, pour repartir vers elle en un éclair. Ça m'a fait une sensation atroce, l'impression de me vider de ma substance et de tout ce qui me constitue. En plus, j'ai la chienne pour elle. Peur qu'elle implose sous le choc et qu'elle se désintègre, ou quelque chose comme ça.

Elle ne s'est pas désintégrée. Elle a refermé la boîte, l'a posée à ses pieds et, du bout de l'orteil, l'a fait glisser sous le fauteuil d'à côté. Elle a poussé un profond soupir, s'est resservi une tasse de thé, puis s'est mise à chanter.

Violoncelle, cellophane, fanatique, tic nerveux, veuve de guerre, guerre de Troie, trois p'tits chats.

Bon, je pense que quand elle a commencé à fouiller le salon, elle n'avait pas forcément l'intention de se plonger comme ça dans notre histoire. Elle cherchait surtout un archet. Évidemment, elle n'en a pas trouvé. De toute façon, ça ne l'aurait pas beaucoup avancée : il aurait été beaucoup trop vieux et trop magané pour être utilisable. Moi, je sais depuis quand plus personne n'a touché à cet instrument : 1958. Très exactement trois jours après le 21 mars 1958, en fin d'après-midi. Comment oublier cette date ? Dumontine avait supplié Émerencienne de lui cuire des croquets aux amandes. Ils embaumaient le rez-de-chaussée « pour fêter le printemps » – tu parles, il gelait encore en maudit ! Il tombait des peaux de lièvre, comme j'aime : une grosse couche de flocons épais qui fait comme une couverte et tamise tout, les sons, la lumière et même le temps.

En échange des croquets, Dumontine avait joué un peu de musique. Il ne fallait jamais la pousser longtemps pour qu'elle s'y mette.

D'ailleurs, l'étui, pourtant si réussi, qu'Eusèbe avait fabriqué avec beaucoup de soin et ses plus jolies chutes de bois, et qu'Armand avait capitonné de velours rose avec tant de désir et de sensualité, était rangé quelque part dans le débarras. Elle ne s'en servait que très rarement, lorsqu'elle devait transporter le violoncelle à l'extérieur. Mais cela arrivait de moins en moins souvent depuis qu'Armand n'était plus là pour l'accompagner. Alors son instrument l'attendait tranquillement dans le salon, posé à côté de la méridienne, à portée de main et d'envie. Dès qu'elle avait un moment, elle s'installait sur la chauffeuse verte, choisissait une partition dans le porte-revues rangé à ses pieds et s'offrait une pause musicale entre deux occupations. Je devrais plutôt dire : *nous* offrait.

Elle jouait avec tellement de douceur et de délicatesse qu'à chaque fois que les cordes commençaient à vibrer, tout mon bois se mettait à chanter. Quand Dumontine prenait son violoncelle, c'était comme un tourbillon de caresses et de frissons. Un moment d'enchantement et de volupté entre elle et moi. À l'unisson.

Ce jour-là, elle a joué pendant qu'Émerencienne préparait le thé dans la cuisine. Et joué encore pendant qu'elle posait le plateau sur le guéridon du salon et remplissait les tasses. Je me rappelle : c'était du thé fumé, mon préféré, avec un nom chinois dont je ne me souviens plus. J'adore son odeur. Elles ont commencé à placoter – c'est à ce moment qu'Émerencienne a parlé du généalogiste. Mais comme elles n'arrivaient pas à se mettre d'accord, elles ont fini par se taire. Je crois qu'Émerencienne babounait un peu. Dumontine a repris son violoncelle pour jouer cet air que ma petite Française peut chanter durant des heures et des heures en grattant les barreaux de l'escalier. Elle a fermé les yeux pour partir dans son voyage de notes et d'émotions, qui m'emporte moi aussi, à chaque fois. Elle a fermé les yeux et elle n'a pas vu sa sœur les fermer également.

Je n'ai pas entendu son soupir, mais je l'ai senti. Un très long soupir qui l'a traversée tout entière avant de me traverser aussi. Il a rejoint le plafond du salon, s'est faufilé à l'étage et s'est envolé par le toit. Je me souviens encore du trajet qu'il a emprunté pour me parcourir. Parfaitement. C'était un soupir de tristesse et de lassitude, mais surtout, j'en suis certaine, de soulagement.

Quand Dumontine a rouvert les yeux à la fin de son morceau, elle a commencé par sourire en voyant Émerencienne endormie. Il lui a fallu un moment pour comprendre...

Elle a sorti son violoncelle une dernière fois pour les funérailles. Je la vois encore, collée contre l'étui, suivre le cercueil qu'on venait de fermer. Comme deux tombes du même bois. En rentrant, elle l'a remis dans sa boîte, et la boîte dans le salon. Et elle ne les a plus jamais ouverts, ni l'étui ni le salon.

C'est un endroit spécial, ce salon. Dès qu'il a été libéré de cette espèce de linceul qui le transformait en mausolée, j'ai eu l'impression d'y être chez moi. À mon avis, c'est la pièce qui me demandera le moins de travail. Mais il faut que j'attende le printemps. Un bon coup de ménage, une bonne grosse lessive pour les rideaux – jaune citron, il fallait oser ! –, un peu d'encaustique sur le parquet pour qu'il brille et qu'il sente bon, et puis un gros bouquet de fleurs sur le guéridon.

Des fleurs. J'ai tellement envie de fleurs ! Une brassée de renoncules. De tulipes. De marguerites... Et puis ouvrir grand les fenêtres pour laisser entrer le soleil et entendre le chant des oiseaux.

Je voudrais aussi entendre le son de ce violoncelle. Quand je l'ai remis dans son étui, j'ai vu que le velours du capiton était rose, comme le rideau de la porte d'entrée. Je n'avais pas fait attention en l'ouvrant. C'est la première fois que je vois ça. Un beau fuchsia acidulé, passé sur les bords, mais vif au milieu. Quelle drôle d'idée ! Ça lui donne l'allure d'un berceau de poupée. Sans doute une extravagance de cette Dumontine.

Du coup, ça m'a donné envie de faire enfin un peu sa connaissance. Pas tant pour découvrir son histoire, plutôt pour savoir qui elle est. Ce qu'elle a vécu ici et avec qui.

Et, surtout, ce qu'elle a partagé avec cette maison. C'est une curieuse impression, je ne sais pas trop comment l'expliquer ni d'où ça vient, mais je me sens reliée à elles deux comme à une famille. Un peu comme si la maison était mon arrière-grand-mère et Dumontine ma grand-mère. Pourquoi ? Je m'en fous. Mais ce qui commence à drôlement titiller ma curiosité, c'est où tout ça va me mener...

Si j'ai bien compris ce que j'ai lu sur tous ces papiers, la maison a été bâtie par un certain Viateur Poussier, entrepreneur originaire d'Oka – aucune idée d'où ça peut se trouver. C'était le père de Dumontine et de sa sœur jumelle Émerencienne, pour qui il a fait construire sur le terrain d'à côté, là où il y a maintenant la petite usine électrique, la maison avec la couronne de la statue de la Liberté au-dessus de la porte d'entrée, que j'ai vue sur les photos dans la chambre jaune. Une pour chacune, pas de jalouse ! La construction a débuté un peu avant leur naissance, en 1912. Elles ont d'abord été occupées par des locataires avant que les deux sœurs s'y installent presque en même temps, l'année de leurs 20 ans. Dumontine toute seule dans la maison bleue, et Émerencienne avec son tout nouveau mari, Eusèbe Guindon, dans la maison verte. D'après ce que j'ai compris, mais ce n'est pas très clair, Eusèbe était ébéniste, et Émerencienne couturière à domicile. Dumontine, elle, venait d'être nommée institutrice dans le village de Saint-Léonard, à quelques encablures d'ici, ce qui explique les piles de cahiers d'école si bien rangés dans le meuble près du secrétaire. Il semblerait qu'elle y ait fait la totalité de sa carrière.

Tout ce beau monde avait l'air bien heureux dans ces chouettes maisons construites par le papa. Je n'ai pas tellement besoin d'en savoir plus. Je préfère imaginer les jumelles inséparables qui voisinent à la moindre occasion, passent d'une maison à l'autre, s'échangent de la farine, des graines pour le jardin et des secrets. On dirait que la cuisine, c'était pas trop son truc, à Dumontine ; elle devait se faire régaler par sa sœur en échange de sérénades au violoncelle.

C'était elle qui jouait, ça, j'en suis sûre. Elle en parle dans un carnet à rayures qui lui servait de cahier de solfège, avec son écriture violette, bien appliquée : « Aujourd'hui, le 5 septembre 1927, est un beau jour pour moi. Monsieur Armand m'a annoncé que je suis enfin assez grande pour commencer à jouer sur le violoncelle du grand-père. J'espère que j'en serai digne et que je ne le décevrai pas. C'est un professeur tellement extraordinaire... » Visiblement, ça faisait plusieurs années qu'elle étudiait la musique en attendant d'atteindre la taille suffisante pour jouer d'un instrument d'adulte. Je ne me souviens pas que ça ait été si important pour moi...

Dans le pli du carnet, j'ai failli ne pas la voir : la photo un peu cornée, un peu passée, d'un bel homme au sourire doux, barbe courte et grand nez, lunettes rondes à monture épaisse. Je ne sais pas ce qui lui donne cette allure à la fois élégante et fantasque. Il pose avec désinvolture et un regard plein d'ironie devant un beau drapé comme on en faisait autrefois, en ayant l'air de se moquer du photographe. Entre ses bras, un violoncelle avec lequel il semble presque valser. Sous cette photo très formelle mais pleine de fantaisie, d'une écriture fine et nerveuse, quelques mots minuscules, comme un secret : « À Dumontine, mon si merveilleux violoncelle. Ton Armand. » La signature est accompagnée de trois petites étoiles. C'est daté du 31 août 1939.

Évidemment, après tout ce bonheur, des drames sont arrivés. Comme si le malheur ne pouvait jamais laisser la vie gagner. Y en a plein la boîte à fleurs, mais je n'ai pas envie de savoir. Vraiment pas. Boîte à fleurs, boîte à malheurs, oui. Chacun ses douleurs.

Et puis, moi, j'ai un escalier à finir.

C'est la nuit suivante qu'ils ont tous débarqué. Ça a commencé par une grosse odeur de chocolat fondu dans la cuisine. Je sais, c'est complètement flyé, mais c'est pourtant exactement ce qui s'est passé. D'abord, il y a eu l'odeur, délicieuse, venue de nulle part. Et après, seulement après, Émerencienne est apparue devant le fourneau, en train de tourner avec une cuillère en bois dans le chaudron de chocolat chaud. Et là, j'ai entendu le rire de la petite, qui a déboulé dans ses jupes. Franchement, je n'en revenais pas.

Ensuite, ça a été une belle sarabande. Dans le salon, Dumontine a pris son violoncelle pour nous jouer une toune sous les yeux de Viateur, jeune et pimpant, et de son Alfonsine, toujours timide et délicate. En la retrouvant aussi charmante, j'ai réalisé à quel point elle m'avait manqué. Qu'est-ce que je l'ai aimée, celle-là ! Derrière son air réservé, elle cachait une vraie fantaisie et une grande liberté, aussi.

La preuve : toutes mes couleurs, c'est elle. Même le rideau en velours rose vif de la porte d'entrée. Ça avait tellement fait rire son mari. Il parlait toujours de son « esprit français ». On se serait vraiment bien entendues, elle et moi, mais j'ai à peine eu le temps de faire sa connaissance. Je crois que les jumelles n'avaient pas deux ans quand elle a été emportée en quelques jours par cette horrible méningite.

Il y avait aussi Eusèbe, qui courait après sa petite Séraphine. Et puis le charmant Armand, qui dévorait des yeux sa blonde en tournant les pages de sa partition. Tous les âges étaient mélangés : Viateur et Alfonsine semblaient avoir 30 ans, comme Armand, et les jumelles étaient belles comme à leurs 20 ans. Comme si on était dans un autre espace-temps, l'espace de leur bonheur, à tous en même temps. Comme si la seule chose qui comptait, c'était l'amour, partout à l'intérieur de moi. Et c'était merveilleux.

Ils se sont offert une réunion de famille, tranquille. Tous ces gens morts depuis des années parfaitement vivants dans mes murs, chacun à l'âge de son plus grand bonheur, et tout contents de se retrouver. Je n'avais jamais vu ça. Armand contait fleurette à Dumontine, qui riait en rosissant ; la petite Séraphine faisait des grâces à ses grands-parents enamourés ; Eusèbe filait à la cuisine dès qu'il en avait l'occasion pour minoucher son Émerencienne. Et dans un coin du salon, assise à l'endroit où Dumontine posait toujours son violoncelle quand elle avait fini de jouer, une très belle dame que je ne connaissais pas, aux allures de Parisienne, observait ce petit monde avec tendresse. Le portrait craché d'Alfonsine, mais venue d'un autre temps, avec son chignon, sa robe en dentelle, son corset serré et ses souliers à talon bobine. Elle est restée là, sourire en coin, sans interférer et sans que personne ne semble avoir conscience de sa présence.

Dans un autre coin du salon, au fond, un peu à l'écart de ce beau tapage, sont soudain apparus deux nuages vaporeux et légers, sortis de nulle part. Un rose et un bleu, pour être sûrs de ne pas se tromper, et niché au creux de chacun d'eux, un tout petit bébé endormi. Séraphine s'en est approchée doucement, suivie par une autre fillette de son âge, surgie d'on ne sait où.

— Comment tu t'appelles ?

— Séraphine. Et toi ?

— Madalen. C'est ta petite sœur, ce bébé-là ?

— Non, c'est ma cousine Fleurette. Elle est belle, hein ?

— Oui, très jolie. On dirait une poupée. Lui, c'est mon petit frère. Il s'appelle Bertin et il va bientôt arriver.

Les deux petites se sont accrochées au bord des berceaux pour mieux voir les bébés, et c'était beau comme les images d'église que Dumontine glissait dans ses livres, où les nuages ressemblent à de la crème fouettée, d'où sortent des angelots aux joues roses.

Je n'ai pas tout compris, mais j'ai tout pris et tout aimé. C'était joyeux, léger, insouciant ; des gens qui s'aiment, heureux d'être ensemble, tout simplement. Un vrai dimanche de printemps, comme je n'en avais pas connu depuis longtemps.

Je les ai accueillis. Je les ai écoutés, regardés, respirés. Je les ai savourés. C'est exactement pour ça que Viateur m'a construite, sous les injonctions tendres de son Alfonsine : pour héberger des humains heureux.

Quand ils ont disparu, aussi étrangement qu'ils étaient venus, moi, j'étais remplie de leurs rires, de leurs baisers volés, de leurs bonheurs et de cette odeur de chocolat.

J'étais aux petits oiseaux.

3

À son réveil, elle a fait comme si de rien n'était, mais j'ai bien senti qu'elle était en taboire : elle ne dégageait plus rien du tout. Vibration au point mort. Elle a chargé les poêles – y compris celui du salon –, expédié son déjeuner, puis elle s'est emmaillotée dans ses vêtements de peinture et s'est attaquée aux derniers barreaux de l'escalier. Avec rage et brutalité, comme au tout début. Pire même : avec méchanceté. J'avais vraiment l'impression qu'elle cherchait à me blesser. D'ailleurs, ça n'a pas raté : le coin de sa raclette a entaillé une volute du barreau qu'elle était en train de martyriser. Et en ripant, elle a aussi entaillé sa pommette à elle, à quelques millimètres de son œil droit.

1 partout.

— Putain de bordel de merde.

Elle a garroché son outil sur les carreaux de l'entrée en sacrant et s'est précipitée dans la salle de bains. Elle saignait un peu, pas beaucoup. Elle a essuyé sa joue, tamponné l'estafilade avec une compresse sortie de sa trousse de toilette, fait deux pas en arrière pour contempler l'étendue des dégâts dans le miroir, et elle s'est mise à pleurer.

Une petite larme d'abord, qui a glissé le long de la coupure et qu'elle a essuyée avec la compresse. Et puis de gros sanglots, comme l'été dernier quand elle décapait le sol de la cuisine. Elle a filé dans sa chambre, s'est blottie dans l'un des fauteuils, s'est collée contre le petit Ladouceur, et puis elle a pleuré longtemps. Longtemps.

J'étais tellement désolée. J'aurais voulu la consoler. M'excuser. Lui expliquer que je n'y suis pour rien, que tout ça m'échappe, à moi aussi. Mais qu'est-ce que je pouvais faire ?

J'aimerais être capable de lui parler. Au moins une fois...

Alors le coup de la maison hantée, pas question. L'héritage providentiel qui arrive juste au bon moment, je veux bien. L'expatriation de l'autre côté du monde pour laisser l'horreur derrière moi, d'accord. Les couleurs invraisemblables d'une baraque sans queue ni tête, les noms à coucher dehors, le catafalque de glace et les vibrations à tout bout de champ, le violoncelle qui m'attend dans le salon, pourquoi pas.

Mais les fantômes qui viennent se faire un câlin dans mon lit pendant que je dors, là, c'est non.

Au début, j'ai cru que c'était un rêve. C'était peut-être un rêve, d'ailleurs. J'ai passé la journée d'hier à farfouiller dans les papiers, à réveiller des souvenirs qui ne m'avaient rien demandé, à essayer de comprendre un peu qui sont ces gens chez qui je vis depuis des mois et que je ne connais pas. Normal que mon cerveau ait continué de mouliner même une fois que j'étais couchée.

Je me rappelle qu'au moment de trouver le sommeil, j'ai entendu le rire d'une petite fille. J'étais si heureuse. J'ai cru que c'était elle, ma chérie à moi, mais non, je me suis souvenue que ça n'était pas possible, que ça ne serait plus jamais possible, et immédiatement elle s'est tue. J'ai refermé ma mémoire, repoussé le chagrin. Je ne veux pas, je ne veux plus penser à eux.

J'ai réussi à m'endormir. Jusqu'à ce que je sente une présence à côté de moi. J'ai tout de suite su que c'était lui, et ça aussi, ça m'a remplie de bonheur. J'ai reconnu son parfum, sa chaleur. J'ai senti mon désir qui appelait le sien, comme chaque fois. Mon corps comme un aimant et le plaisir d'avant le plaisir, quand on a tellement envie et qu'on sait d'avance que ce sera délicieux. Ce moment merveilleux où on a hâte de prendre son temps... Ça ne m'était plus arrivé. Je pensais que ça ne m'arriverait plus. Je ne voulais plus que ça m'arrive. Mais tout à coup, il était là, au creux de mon lit, et mon ventre explosé, son odeur dans mon nez, la douceur de sa peau sous mes doigts. Les poils soyeux de son torse. Le pli si doux de son cou. Son souffle. Le goût de lui.

Et puis j'ai senti les cheveux d'une femme sur mon visage. Une sensation délicieuse, troublante. Mais aussi super flippante. Comme un mélange de rêve et de cauchemar. Je me suis extraite de ses bras à lui et je n'ai pas compris tout de suite ce que je voyais. Dumontine était là, nue, dans mes draps. Ou bien Émerencienne, je ne sais pas – elles se ressemblent tant. Elle était dans ses bras à lui, mais ce n'était pas lui. Il m'a fallu un moment pour reconnaître la barbe courte et le grand nez du professeur de violoncelle. Monsieur Armand !

Il a dit :

— Mon beau violoncelle.

Elle a gémi.

Le temps que je réalise, ils avaient disparu.

Je me suis levée pour recharger le poêle. C'est là que j'ai entendu des rires dans le salon. En rejoignant le palier pour tenter de comprendre, j'ai senti une incroyable odeur de chocolat monter de la cuisine. N'importe quoi.

Que les choses soient claires : c'est pas que j'ai peur, c'est que j'ai la rage. Je ne suis pas dupe. On ne va pas commencer à jouer à ça, elle et moi. Elle a beau essayer d'inverser les rôles, ça ne marchera pas.

On sait très bien à quoi s'en tenir, toutes les deux. On sait très bien que ce n'est pas elle qui est hantée. C'est moi.

Elle était tellement en maudit contre moi qu'elle a complètement arrêté de vibrer. Et là, c'était net : je ne supporte plus que ça s'arrête. Ça me manque atrocement, j'ai l'impression que je n'existe plus, ou que je suis en train de mourir. C'est quand même bizarre comme ces picotis qui m'ont si affreusement inquiétée les premiers temps font désormais partie de moi, au point que je ne peux plus m'en passer.

C'est le moment que les camions ont choisi pour recommencer, eux. D'abord doucement, parce que seules deux des voies du boulevard étaient dégagées, une dans chaque sens. Mais ça n'a pas duré longtemps. Dès la première journée, le rythme s'est accéléré. Comme si rien ne pouvait les empêcher de reprendre leurs cadences infernales, même pas la glace qui paralysait encore l'île de Montréal et sans doute aussi le reste de la province.

Honnêtement, au début, ça m'a soulagée. C'était irrespirable, son silence de mort, juste ponctué par le grattement du papier sablé et de la raclette sur l'escalier. Ça me faisait mal, comme si elle s'acharnait sur une plaie à vif.

C'est exactement ce qu'elle a fait : toute la journée, elle s'est acharnée. Sans un mot, sans une toune et sans la moindre émission de quoi que ce soit à mon intention. J'étais redevenue une chose. Sa chose.

Et puis, miracle, notre sauveur est revenu. Pile au moment où elle et moi avions besoin qu'un ange passe pour débloquer la situation. Il a été parfait. Merci, petit Jésus !

— Allô, t'es-tu là ?

J'ai bien vu qu'elle avait entendu, mais elle a fait comme si ce n'était pas le cas.

— T'es-tu correc ? Peux-tu m'ouvrir, s'il vous plaît ?

J'ai cru qu'elle n'ouvrirait pas. Mais elle a dû se dire que si elle faisait ça, il allait appeler les secours, défoncer ma porte, et que ce serait bien plus dérangeant que juste un petit placotage vite fait avant qu'il nous laisse tranquilles.

Il est entré dans un gros nuage de givre et de froid, un sourire radieux aux lèvres et un pack de bouteilles au bout de chaque bras.

— Je t'ai apporté de l'eau, le temps que tout revienne.

— Merci. C'est gentil. Il m'en restait encore un peu...

— Je m'en doute ! Mais quand l'électricité sera rebranchée – ça sera pas long –, il ne faudra pas reboire l'eau tout de suite.

— OK. Merci beaucoup.

— Te reste-tu un peu de café ?

— Oui, bien sûr, suis-moi.

Il ne peut pas le savoir, lui, il ne la connaît pas. Et puis c'est pas le gars à se préoccuper de ce genre de subtilités, mais moi, j'ai bien vu qu'il l'achalait. Honnêtement, ça m'a un peu rassurée. J'étais vraiment soulagée qu'il arrive, comme un survenant providentiel, mais j'aurais été bien contente qu'il ne s'attarde pas trop. On a des choses à faire ensemble, elle et moi.

Il se serait bien attardé, lui, pourtant. Il a commencé à la cruiser gentiment, sans se demander si on était d'accord.

— Tu t'es blessée ?

Il a approché sa main de sa joue, avec délicatesse. Elle l'a repoussé d'un geste rude. Chacun son tour.

— C'est rien.

— OK. As-tu besoin de quelque chose ?

— Non, merci.

— Toujours pas de centre communautaire ?

— Non, ça va. Je suis bien, ici.

Elle a dit « Je suis bien, ici ». Je sais, c'est bête, mais ça m'a fait drôlement plaisir de l'entendre. D'ailleurs, ça lui a fait quelque chose à elle aussi : la vibration est revenue, timidement.

— Tu m'as même pas dit ton nom. Moi, c'est Martin. Et toi ?

— Estelle.

— Estelle, c'est pas courant par chez nous. On voit bien que ça vient de France, un nom pareil. Estelle comment ?

— Estelle tout court.

Là, pour pas comprendre, faudrait être vraiment très épais. Pas de chance, mon gars. C'est pas que tu sois pas *cute*, avec tes beaux yeux verts, ta voix douce et ta gentillesse ; c'est que c'était pas le moment. Elle avait autre chose à faire, Estelle. Même moi, je ne savais pas trop quoi, mais je savais que c'était avec moi. Pas avec toi.

Le pauvre, il a fini son café sans rien dire et s'est dépêché de repartir dans le vent glacé, finalement beaucoup moins mordant que celui que venait de lui infliger ma petite Française.

Estelle. C'est joli, Estelle.

C'est complètement idiot. Je ne peux pas être en colère contre une maison. Enfin, pas à ce point. Ça fait trop longtemps que je suis enfermée ici, je commence à débloquer. Voire à halluciner.

En fait, je sais ce qui s'est passé : j'ai baissé la garde. Ça fait des jours, des mois et même bientôt des années – mais, surtout, je ne veux pas compter – que j'ai tout blindé pour que rien n'entre en moi et que tout se taise. J'avais réussi et puis voilà, dès que je relâche un peu, ça revient.

Sauf que si je suis honnête – et ce serait un peu con de ne pas l'être, vu que c'est entre moi et moi –, je dois bien admettre que c'était merveilleux qu'ils reviennent. La joie d'entendre son rire à elle, de sentir gigoter mon petit au creux de mon ventre. Et le délice de le respirer à nouveau, lui. Le bonheur de croire que c'était réel.

C'est réel, puisque je les ai sentis, entendus, vus. Même si c'était pas là, c'était là quand même. Et ça ne m'a pas dévastée comme j'aurais pu le croire. Ni comme les autres fois.

Ça ne m'a pas dévastée. Ça m'a même fait du bien. Beaucoup de bien.

En tout cas, elle n'y est pour rien ; c'est nul de me venger sur elle.

Ou alors, justement, tout ça, c'est grâce à elle. Une sorte d'énorme cadeau qu'elle me sert sur un plateau, sans que je sache ni pourquoi ni comment.

En fait, si. Je pense que je commence à savoir. Mais j'ai besoin d'encore un peu de temps, je crois.

Ce qui s'est passé après a été merveilleux. Elle a chargé à fond le poêle du salon, regroupé les chandeliers sur le guéridon pour avoir un peu de lumière, pas trop. Elle est allée à la cuisine se préparer un chocolat chaud qui a embaumé tout mon rez-de-chaussée, comme l'autre nuit, et puis elle s'est installée sur la méridienne, blottie sous une couverte.

Et là, elle a commencé à me parler à voix basse. Doucement, avec une tendresse inouïe. Elle a pleuré beaucoup, ri un peu, s'est tue souvent.

Elle m'a tout raconté. L'amour, la Bretagne, le bonheur, sa petite que j'ai reconnue immédiatement – c'était elle, avec Séraphine, au bord des berceaux-nuages –, et son angelot bleu, à côté de Fleurette. Le temps des fêtes, les cadeaux au pied du sapin, le bébé qui doit arriver comme un petit Jésus, et puis l'étincelle qui embrase tout et transforme le paradis en enfer, en moins de temps qu'il n'en faut pour l'imaginer.

Après, elle s'est endormie. Elle était là, posée en mon centre, comme un cœur qui bat. D'ailleurs, peut-être que c'était son cœur à elle qui m'envoyait ces ondes très douces, puissantes, profondes, tranquilles, régulières. Je crois qu'elle n'a plus peur du tout, et moi non plus.

À un moment, dans la noirceur, j'ai senti les calorifères et le chauffe-eau se remettre en route. Le courant était revenu.

Je ne m'en suis pas rendu compte tout de suite. La première chose qui m'a frappée quand je me suis réveillée, ça a été le bruit. Toutes les voies du boulevard étaient dégagées. Après ces jours de grand silence, c'était carrément assourdissant. Du coup, elle a recommencé à vibrer de tout son bois. Je me demande comment elle supporte ça. Et, surtout, combien de temps elle va encore pouvoir le supporter. C'est vraiment invivable, cette fureur qui la secoue sans arrêt...

Ensuite, j'ai réalisé qu'il faisait moins froid, même avec un poêle quasiment éteint. Et j'ai senti la chaleur sortir des radiateurs. L'électricité avait été rétablie ! Bizarrement, même si ça m'a rassurée, ça m'a aussi un peu désolée. On était bien, elle et moi, confinées dans notre glacière géante, parfaitement coupées du monde.

Qui dit courant dit eau chaude, et qui dit eau chaude dit baignoire. J'ai rouvert l'arrivée d'eau pour me prendre un bain du tonnerre de

Dieu pendant que mon téléphone se recharge. Dès qu'il sera rechargé : connexion, luthier, cordes, archet et tout le matos qui va avec.

Je veux jouer de ce violoncelle.

Elle est méconnaissable. Une véritable tornade qui s'agite dans tous les sens. Je ne l'avais jamais vue comme ça. Elle a recommencé à chanter, à tue-tête même, quand elle était dans son bain. Rien à voir avec ses tounes d'avant, tellement rageuses ou tellement sombres. Là, c'est de la vraie musique. Des morceaux que je ne connais pas mais qui me débordent de plaisir. Il y en a un en particulier, en espagnol, je crois. Il y est question de *soledad*, de *caracola* et d'une Alfonsina – ça tombe bien. Pas vraiment gai, mais pas triste non plus. Je ne sais pas ce que ça raconte ; ça sonne comme une histoire de liberté. J'adore cette chanson. Elle aussi, visiblement.

Après son bain, elle a passé un bon moment à tapoter sur son téléphone. Elle cherchait où trouver des cordes et un archet à Montréal. Je le sais : elle me l'a dit. Elle m'explique les choses, maintenant. Ça change tout. Je brûle de pouvoir lui répondre, mais il ne faut pas rêver. Alors j'écoute, j'accompagne et j'attends. J'attends le moment où elle va enfin faire rejouer le violoncelle du grand-père.

J'espère que je pourrai l'entendre. Je ne sais pas si c'est l'effet de ces quelques jours de silence, mais là, la reprise de la circulation, c'est carrément insupportable. Ça me secoue, ça me parcourt, ça me violente. Ça m'empêcherait presque de profiter de ses délicieuses ondes à elle, que je sens m'irriguer avec de plus en plus de vigueur. Je me demande combien de temps on va pouvoir tenir comme ça, elle et moi. Comment on va faire si on ne peut plus s'entendre ? Elle ne va sûrement pas endurer de vivre ici dans ces conditions. Et si elle s'en va, je deviens quoi, moi ?

Ça n'a pas été long. Je sais pourquoi : elle a dit, au téléphone, qu'elle était prête à payer un gros supplément pour être livrée dans la journée. C'est une belle tête de cochon, quand elle s'y met. Elle a une telle énergie ! Je préfère qu'elle l'utilise pour me faire vibrer avec son violoncelle plutôt que pour me mettre à vif à coups d'outils contondants.

En attendant le livreur, elle a repris son exploration du salon, et plus précisément du coffre dans lequel Dumontine rangeait ses papiers. Elle a de quoi faire ! Il y a, en plus, tous ceux de son bel Armand. Des partitions, des lettres d'amour, de la correspondance qu'elle n'a jamais eu le cœur de trier mais qu'elle a conservées précieusement, sans doute en se disant qu'un jour, il serait temps. Et puis les catastrophes se sont enchaînées, et il n'a plus jamais été temps.

Si Dumontine l'avait pris, le temps, elle aurait pu découvrir un secret. Celui de Viateur et d'Armand. Dont elle n'a, finalement, jamais rien su, Mais moi, j'étais là le jour où ça s'est passé, et j'ai tout vu, tout entendu.

C'était quelques semaines après l'installation d'Armand. Émerencienne était dans la confidence, mais Dumontine ne savait pas trop comment faire l'annonce à son père. Que sa fille chérie vive accotée avec un homme marié, ce serait sûrement un peu roffe à admettre pour Viateur. Alors, chaque fois qu'il venait, les amoureux effaçaient les traces de leur forfait, et Armand disparaissait, pour mieux réapparaître, l'air dégagé, comme un invité. Un dimanche où ils s'étaient retrouvés tous les deux nez à nez pendant que Dumontine était partie chercher je ne sais quoi chez sa sœur, Viateur avait attaqué.

— Pis vous êtes pas marié, vous, Armand ?

— Si, si…

— Mais on la voit jamais, votre conjointe.

— C'est qu'elle est repartie en Europe, ce printemps.

— Ah bon. Et elle revient quand ?

— Elle revient pas.

Avait suivi un silence gêné. Viateur avait regardé fixement sa bouteille de bière comme s'il voulait apprendre l'étiquette par cœur. Et puis, à un moment, le bel Armand avait pris une grande respiration et avait tout expliqué. Qu'ils étaient tombés en amour par-dessus la tête, qu'ils avaient tout essayé pour se séparer mais qu'ils n'y étaient pas parvenus.

— Alors tu t'es installé icite et t'as renvoyé ta femme en Europe ? Comme ça ?

— Non, pas tout à fait comme ça. J'ai pensé que Dumontine ne pouvait pas rester seule dans cette maison.

— Allons donc, c'est de la fausse excuse, ça. La vérité, c'est que t'as pas d'honneur, mon homme.

Armand avait gardé son sang-froid, mais j'ai bien senti, moi, qu'il bouillonnait. En choisissant avec soin chacun de ses mots, il avait raconté à Viateur l'épisode de l'installateur du poêle. Ça l'avait mis tellement en maudit, j'ai bien cru qu'il allait mourir de colère.

— Mais pourquoi elle m'en a pas parlé, à moi ? Et la police ? Elle est allée à la police ?

— Elle n'en a parlé à personne, même pas à sa sœur. Moi, je le sais parce que, par miracle, je suis venu ce jour-là. On avait décidé de plus se revoir, mais j'ai pas tenu. Et voilà, je l'ai découverte dans cet état...

— Calice de chien sale ! M'en vas le retrouver et lui dérencher la face.

— C'est justement ce qu'elle veut pas. Et pour la police, elle pense que ça ne sert à rien, que tant qu'il ne l'a pas tuée, ils ne bougeront pas. Je crois, hélas, qu'elle a raison. Elle, ce qu'elle veut surtout, c'est que personne ne sache. Elle a trop honte.

— C'est pas à elle d'avoir honte. Imagines-tu le nombre de femmes qui ouvrent leur porte à ce tabarnak de mangeux de marde, sans se méfier ? Personne le saura, mais il ne va pas s'en tirer comme ça, ce maudit sans dessein.

Je crois que c'est la première et la dernière fois que j'ai entendu Viateur, d'habitude si policé, utiliser un tel vocabulaire. Il n'en a plus jamais été question, mais à partir de ce jour-là, Armand n'a plus eu à se cacher et Viateur l'a traité comme son gendre, pour le plus grand bonheur de Dumontine.

Elle n'a jamais su la fin de l'histoire. Pourtant, si elle avait fouillé dans les papiers, elle aurait trouvé la coupure de journal extraite du *Devoir* du mardi 31 janvier 1933, que Viateur avait discrètement transmise à Armand, soigneusement pliée en quatre dans une enveloppe, un dimanche avant de se mettre à table.

Accident inexpliqué dans la Petite Italie : un mort

Un camion de livraison a été violemment frappé par un engin de construction hier soir, en pleine noirceur, derrière l'église Notre-Dame-de-la-Défense. Malgré la présence de plusieurs passants, l'engin a pris la fuite sans qu'aucun témoin n'ait pu l'identifier. Le chauffeur du camion, un livreur d'origine irlandaise défavorablement connu des services de police, employé par l'entreprise Ladouceur, est mort sur le coup. La possible appartenance de la victime au gang de l'Ouest fait penser à un règlement de comptes.

À ma connaissance, Armand et Viateur n'en ont jamais reparlé.

Il est arrivé à la tombée du jour. Un coursier adorable, souriant et frigorifié, à qui je n'ai pas pu faire autrement qu'offrir un café, même si je n'avais qu'une envie : le foutre dehors pour pouvoir enfin m'occuper du violoncelle.

Il a dit que la « crise de verglas » avait été une véritable catastrophe. Que plusieurs personnes étaient mortes – et encore, on n'avait pas fait le tour de l'ensemble des dégâts – et qu'il faudrait des mois pour tout remettre en ordre, comme en 1998. Il m'a expliqué que, malgré tout, les nouveaux pylônes électriques installés depuis étaient beaucoup plus résistants, raison pour laquelle on n'avait pas été privés de courant trop longtemps. Et que, d'après la radio, l'eau était revenue à peu près partout mais qu'il faudrait pendant plusieurs jours bien la faire bouillir avant de la consommer.

J'ai fait semblant de l'écouter, poliment, mais en fait, je ne l'écoutais pas. Moi, j'avais Bach dans la tête, *crescendo*, et il n'y avait plus aucune place pour autre chose.

Il a également ajouté qu'il avait passé ces dernières heures à livrer des produits de première nécessité et que c'était bizarre de faire une course pour un magasin de musique. J'ai bien vu qu'il aurait aimé que je lui explique, mais ça ne le regarde pas. Lui expliquer quoi, d'abord ? Que, pour moi, cet archet et ces cordes sont des produits de première nécessité ?

Je l'ai raccompagné à la porte en m'efforçant de ne pas être trop désagréable. Je lui ai donné un bon pourboire pour me faire pardonner. Et puis je me suis installée dans le salon pour me consacrer tranquillement à ces retrouvailles. Enfin.

J'ai été soulagée de constater que je n'avais pas perdu la main. Ça m'a effleurée, ce matin, dans mon bain : et si je ne savais plus faire ? Si je n'arrivais pas à le remettre en état ? Si j'avais oublié les gestes, l'oreille, la posture ? Maintenant que le désir m'est revenu – tous les désirs, d'ailleurs, en même temps, depuis cette nuit tellement bizarre avec Dumontine et Armand –, serais-je capable de l'assouvir ?

J'ai pris le temps de me calmer. De contenir mon énergie, comme j'ai appris à le faire, dans une autre vie, pour ne pas mourir de trac avant les concerts. Voilà, c'était ça : j'avais le trac ! Ça faisait si longtemps que ça ne m'était pas arrivé que je ne l'avais pas reconnu, mais c'était bien lui. L'envie qui se bagarre avec la peur, la double impression de pouvoir décrocher la lune et d'être nullissime, l'hésitation entre y aller tout de suite et partir en courant…

De toute façon, partir en courant, c'est impossible. Le coursier me l'a bien dit : les grands axes sont praticables, mais rien d'autre n'est déblayé, et les aéroports sont encore complètement hors service. Tout au plus, je peux ranger ma commande dans le coffre à musique de Dumontine, à côté de tout ce qu'elle avait elle-même abandonné, et ne plus jamais ouvrir l'étui. Renoncer à faire la connaissance du violoncelle du grand-père. Reprendre mes raclettes, mes pinceaux, mes rouleaux pour terminer l'escalier et attaquer, enfin, la chambre jaune.

Tu parles, c'est trop tard : il est là, elle est là, je suis là, plus moyen de reculer. Et pourquoi reculer, d'abord ?

Si jamais c'est trop dur, tant pis pour mes cinq cents dollars de lutherie. Je remballe tout ça, je le remets dans son sarcophage et je reprends mon chantier jusqu'au printemps. Fin de l'histoire.

4

Ça lui a pris un temps fou. Elle a déplié un drap pour recouvrir la table à manger du salon, a déposé le violoncelle dessus comme si c'était un malade qu'elle allait opérer, et elle a opéré. Avec les mêmes gestes précis qu'elle a eus pour s'attaquer à moi au début. Mais avec, cette fois, une immense délicatesse. Posée, concentrée, méthodique. Ça aussi, on voit qu'elle sait faire. Avant de commencer, elle l'a ausculté avec minutie. Elle a tapoté le long du fil noir de la bordure, en écoutant avec application le son produit. Exactement comme un médecin qui tapote la cage thoracique de son patient avant de demander :

— Dites « trente-trois ».

Elle n'a rien demandé – tant mieux, ça m'aurait un peu inquiétée –, mais elle a poursuivi ses investigations avec une immense attention. Elle est même allée chercher son téléphone, qu'elle a allumé comme une torche pour essayer d'apercevoir ce qu'il avait dans le ventre. J'ai bien vu qu'elle cherchait quelque chose. Elle a pris des photos avec le flash, qu'elle a scrutées longuement, mais visiblement elle n'a pas réussi à trouver ce qu'elle cherchait.

Elle ne me parlait plus. J'aurais aimé qu'elle m'explique, mais elle était beaucoup trop absorbée.

Elle est descendue à la cave fortiller dans les outils d'Eusèbe et elle est remontée avec la plus petite des caisses en bois, tellement mignonne, qui contient tous les instruments les plus fins. Un vrai kit de chirurgien ! Ensuite, elle a procédé avec une absolue précaution. Elle a commencé par dégripper les quatre chevilles qui tiennent les cordes, en faisant attention à ne pas les casser. Une fois les chevilles démontées, elle les a frottées avec une brossette et les a soigneusement graissées avant de les remettre en place.

Sans ses cordes, le violoncelle du grand-père avait une drôle d'allure. Un peu gênante, comme s'il se tenait tout nu, là, au milieu du salon. Elle en a profité pour lui offrir une toilette, très tendrement, avec une vieille guenille en laine bleu pétrole de Dumontine qui traînait dans la penderie ; je l'ai reconnue, c'est un gilet qu'Émerencienne lui avait tricoté pour un Noël, je ne me souviens plus en quelle année – elle l'adorait parce qu'il était doux et chaud.

Après, elle a bricolé pas mal de petites pièces dans le bas de l'instrument, avant de repositionner les cordes. Ça avait l'air assez compliqué, mais elle ne s'est pas énervée ni découragée.

Je ne sais pas combien d'heures plus tard – c'était la grande noirceur, mais on s'en fichait complètement –, les cordes étaient tendues. Il avait retrouvé toute sa dignité et semblait réparé. Prêt à jouer.

Elle a encore pris le temps de recharger le poêle et de se préparer un chocolat dans la cuisine. Je n'ai pas compris pourquoi elle traînait comme ça, ni comment elle a fait pour devenir soudainement aussi calme et aussi lente. Ça m'a achalée. Moi, je bouillais d'impatience. Pas que d'impatience, d'ailleurs : les ondes qu'elle m'envoyait étaient de plus en plus denses, de plus en plus ardentes. J'étais prise d'un besoin impétueux, d'une envie incommensurable, de sentir à nouveau, enfin, ses vibrations. Quelque chose qui ressemblait intensément à ces gémissements dont la chambre jaune était encore emplie.

Pour vrai, je dois l'admettre : j'étais consumée de désir. Et même au bord de l'implosion.

Elle a fini par retourner au salon. Poser le broc de chocolat sur le poêle et sa tasse sur le guéridon. Attraper l'archet flambant neuf qui l'attendait sur la méridienne et frotter tranquillement ses crins sur une petite boîte de je ne sais quoi livrée avec le kit. Je l'aurais tuée, tellement c'était long.

Et puis, enfin, elle a soulevé le violoncelle de sa table d'opération. S'est installée très lentement sur la chauffeuse verte. A calé l'instrument entre ses genoux, contre son torse, la volute au creux de son cou. Coulissé ses doigts le long du manche pour faire crisser un peu les cordes neuves. Saisi l'archet pour le faire glisser sur une première corde. Puis une deuxième, puis les deux ensemble.

Merveille.

Je l'ai reconnue tout de suite. Chaque parcelle de moi s'en est souvenue instantanément. Ce son prodigieux, revenu de si loin, c'est Dumontine. L'amour pur. Le bonheur. La vie.

C'est un miracle. Jamais je n'ai joué d'un violoncelle aussi extraordinaire. Profond, subtil, doux, intense. Timbré à la perfection. Merveilleux.

L'autre jour, j'étais si troublée que j'ai complètement oublié de regarder s'il était signé. J'ai cherché aujourd'hui. Je pense qu'il l'est, mais je n'ai pas réussi à bien voir. Il y a une étiquette, mais elle est collée trop loin et elle est à moitié déchirée. Je l'ai prise en photo pour tenter de mieux l'examiner : c'est illisible. Je pense qu'il faudra l'ouvrir pour y accéder. Ce n'est pas urgent. Je sais, c'est un sacrilège, pourtant je suis à deux doigts de m'en foutre royalement, de cette signature.

Pas besoin qu'il soit signé pour savoir qu'il est extraordinaire. Il suffit de le toucher. De le regarder, même. La première fois, j'ai cru que c'était mon retour dans le passé qui me bouleversait. Peut-être. Sûrement. Mais ça m'a empêchée de réaliser à quel point sa beauté me bouleverse aussi. Il est d'une élégance, d'une classe, d'une modestie hors du commun. Oui, je sais, ça a l'air stupide, pourtant c'est l'effet qu'il me fait : modeste et racé, comme un être exceptionnel. Dès que je l'ai touché, je l'ai senti. Quelque chose de spécial qui s'est mis à circuler entre lui et mes doigts. Entre lui et moi. La qualité de son bois, le satiné presque mat de son vernis rouge profond, si intense. À la fois robuste et délicat, puissant et léger, incroyablement présent. Même démonté, il était là, imposant, dans une dignité époustouflante.

J'ai fait très attention à lui, et il s'est laissé faire. Un peu comme elle a fait avec moi, finalement. J'ai eu l'impression qu'il me faisait confiance, et ça m'a donné confiance. J'ai fait le minimum, ce que j'ai appris en observant dans l'atelier, durant des années. Tout m'est revenu, sans affolement. Évidemment, il lui faudra un vrai luthier pour vérifier, nettoyer, mais moi, ce que je voulais, c'était savoir comment il sonne. Et jouer.

Rejouer, enfin.

Bon, j'avoue, au moment où il a été prêt, j'ai légèrement paniqué. Je ne sais pas pourquoi. En fait, si, je sais très bien pourquoi. Rejouer, c'est retourner à la vie. Et retourner à la vie, c'est les laisser derrière moi.

Je ne veux pas les abandonner.

Je sais que je ne les abandonne pas, mais j'ai quand même l'impression de les trahir.

Au bout du compte, j'ai décidé de le laisser décider. J'ai pris mon temps, et mon courage à deux mains. Et puis je l'ai laissé faire.

Dès le premier *la*, j'ai compris. Mes gestes sont revenus tout de suite, mais ça n'avait plus d'importance. La seule chose importante, c'était sa voix à lui. Une belle voix grave, dense, charnelle. Renversante. Je l'ai sentie entrer en moi par les genoux, la poitrine, le cou. Je l'ai sentie passer dans mes doigts, remonter dans mes poignets, mes bras, exploser dans ma cage thoracique et enflammer mon ventre. Je l'ai sentie se glisser dans mes tympans et se mettre à danser dans ma boîte crânienne. Je l'ai sentie vibrer en moi de la tête aux pieds, jusqu'à remplir tout l'espace du salon, infiltrer le plancher, et l'envahir elle aussi, tout entière.

Nous étions là, tous les trois. Elle, lui et moi. Et puis eux, aussi, où qu'ils soient. Et même peut-être Dumontine et toute sa smala.

J'ai laissé mes doigts jouer tout ce dont ils se souvenaient, et mon cœur cavaler avec eux.

Je me suis arrêtée juste avant le lever du jour. Il y a eu un tout petit moment de silence, miraculeux, avant qu'un énorme camion passe à toute allure sur la voie rapide pour nous ramener à la réalité. Monstrueux. Le plancher et les vitres ont tremblé. Moi aussi. J'avais froid, j'étais épuisée, chamboulée, sonnée.

Mais, surtout, j'avais envie de l'appeler pour lui raconter. Parce qu'il est le seul à pouvoir comprendre.

Cette nuit a été la plus folle, et sûrement aussi la plus belle de mon existence. Elle s'est mise à jouer et, petit à petit, tout a repris sa place en moi, du sous-sol au grenier. La moindre planche, le moindre clou, mes joints, mes tuyaux, mes conduits, les portes, les marches, la rampe de l'escalier, les poutres de ma charpente, mon solage, chaque latte de mes planchers... Tout s'est placé enfin là où il devait se placer.

J'ai retrouvé la joie, et ça m'a pogné le cœur. La joie de ces années où Dumontine, Armand et moi avons été si heureux, gorgés d'amour et de musique. La joie de la vie qui suit son cours en sautillant comme une insouciante. Tout m'est revenu. Tout. Le mariage d'Émerencienne et Eusèbe, et les amis qui débordent de leur jardin dans le mien. Les fous rires, les fêtes, les dîners du dimanche, l'annonce de la grossesse et puis la naissance de Séraphine, la bien nommée, dans la maison d'à côté… La tendresse infinie de mes deux amoureux, chaque jour émerveillés de pouvoir vivre ensemble. Les mots doux, les surprises de rien, les tête-à-tête murmurés, les désirs éperdus qui courent le long de mes murs, de mes meubles, de mes planchers. Ils se sont tellement aimés, ces deux-là. Peut-être parce qu'ils se sont attendus si longtemps ? Rien ne pouvait les éloigner l'un de l'autre. Ni le refus de divorcer, plein de hargne, de la femme d'Armand ni cet enfant qu'ils voulaient tant et qui ne venait pas. Ni même le chagrin de la mort de Viateur, parti tranquillement retrouver son Alfonsine, juste après avoir fait la connaissance de leur petite-fille Séraphine, par une belle nuit de l'été 1938. Le bonheur est têtu quand il prend racine. Et chez nous, il était si bien installé…

Cette nuit, en me sentant remplie de toute cette vie si merveilleuse que j'avais oubliée, j'ai compris ce que je n'avais jamais réalisé : ce boulevard Métropolitain m'a tuée, à petit feu, comme il a tué d'un seul coup Séraphine, son père et son oncle, ce jour maudit de 1941. Et puis notre Fleurette, quelques heures plus tard, à peine née et déjà passée, comme si la vie s'était retirée d'elle aussi.

J'ai résisté, évidemment. On a toutes résisté, chacune comme on a pu, mais au bout du compte, il nous a eues. Ma vie est devenue un passage à tabac ininterrompu. Chaque voiture qui pile devant moi me tapoche, chaque coup de klaxon fait vriller la moindre de mes fibres, chaque camion qui passe à tombeau ouvert me fait manger une volée, et les gaz d'échappement dans lesquels j'étouffe depuis des années m'ont imprégnée jusqu'à l'âme.

Et puis il y a ces vibrations, ces secousses incessantes, le bruit sans fin.

Je me suis défendue de mon mieux. Je me suis raidie, je me suis durcie, je me suis grippée, coincée, repliée sur moi-même. Plus il a grossi, plus j'ai lutté. Petit à petit, je n'ai plus fait que ça : nous défendre de lui, et puis me défendre de lui, jour et nuit.

Je n'ai pas réussi. Émerencienne a rendu son dernier souffle dans mes bras, et finalement, ma chère Dumontine, ma petite, mon amie, celle pour qui Alfonsine m'avait rêvée et Viateur m'avait construite ; elle que j'ai contenue, protégée, accompagnée et avec qui j'ai fait corps durant toutes ces années, a, elle aussi, fini par rendre les armes.

La vie m'a désertée. Je suis devenue une coquille vide, inutile et sans vie.

Et voilà qu'elle m'envoie cette Estelle, aussi maganée que moi. Plus, même, si ça se trouve. Et qu'Estelle ressort le violoncelle.

Elle a joué jusqu'au matin, et nous étions à l'unisson. À ses côtés, pendant qu'elle jouait les yeux fermés, j'ai vu apparaître cette belle Parisienne qui était déjà là l'autre jour. Exactement au même endroit. Je crois que j'ai compris qui elle est et ce qu'elle fait ici.

Au milieu de la musique, tout s'est remis en place, doucement, et j'ai senti, de plus en plus intensément, cette onde de chaleur me gagner, me remplir, m'envelopper. Elle vient d'elle, bien sûr, mais elle est en moi maintenant, et je sais qu'elle ne partira plus, même si Estelle s'en va.

Il faut absolument que je lui parle pour que tout ça ne soit pas perdu. Après, je sais ce qui me reste à faire. Et c'est bien.

Il était sept heures et demie ici, donc le début de l'après-midi là-bas. J'ai décidé d'attendre. Je voulais qu'il fasse nuit, pour lui et pour moi. Comme au début, quand on se parlait des heures et des heures sans s'être jamais vus. C'est pas pareil, de se parler dans la lumière ou dans le noir.

En attendant, je suis montée me coucher. Juste avant d'arriver au sommet de l'escalier, là où je n'ai pas encore décapé, j'ai senti sous mes doigts une légère aspérité qui m'a intriguée. Je me suis penchée pour regarder et j'ai découvert sur le haut du barreau, gravées sur sa partie carrée, trois jolies petites étoiles. Je les ai reconnues tout de suite : ce sont les mêmes que sur la photo, sous la signature d'Armand. Ça m'a émue aux larmes, comme une déclaration qui m'était adressée, à moi.

J'ai rechargé mon Ladouceur, j'ai fait chauffer une bouillotte et je me suis blottie au fond de mon lit pour essayer de dormir un peu. C'était fou, cette nuit. Inimaginable, impossible à décrire et à expliquer.

Mais, surtout, tellement inespéré.

Je crois que je dormais quand elle s'est mise à me parler. Ou pas. Si ça se trouve, je ne dormais pas. Ou alors, elle n'a pas parlé. Tout ça est tellement... Je m'en fous, en fait. Que ça vienne d'elle, de n'importe qui d'autre ou de mon cerveau déglingué, ça n'a aucune importance. Ce qui compte, c'est ce qui m'en reste. Et ce que je vais pouvoir en faire.

C'était comme un film dont les séquences s'enchaînent, sans aucun montage. Elle a commencé par m'envoyer une énorme bouffée de douceur, de légèreté, de bonheur. J'ai tout retrouvé. C'est exactement ce contre quoi je me suis barricadée ces mois derniers – à moins que ça ne fasse des années ? Mais, cette fois-ci, j'ai laissé entrer. J'ai vu un jeune couple, portant deux fillettes identiques dans les bras, visiter les deux maisons en construction. Je les ai reconnues : c'était elle, pas encore peinte en bleu, et sa voisine disparue, avec son imposte invraisemblable. Ils étaient beaux comme tous les gens heureux.

Juste après, j'ai vu l'homme, tout seul, sangloter dans la chambre jaune, au milieu des pots de peinture. Viateur. Mon pauvre Viateur...

Et puis la joie est revenue au milieu d'un énorme bazar : Dumontine dans son jardin, occupée à planter des fleurs le long du trottoir, en plein fou rire avec Émerencienne et son Eusèbe, qui emménageaient dans la maison d'à côté.

Dans la séquence suivante, il y avait une petite fille, ravissante. Elle devait avoir trois ans tout au plus, exactement l'âge de ma Madalen. Les fleurs de Dumontine avaient bien poussé, autant que son ventre : rond comme un ballon. Dans la cour arrière, les hommes étaient en train de couper du bois. Eux aussi, je les ai reconnus : Eusèbe et le bel Armand, torses nus. À l'intérieur de la maison, ça sentait le chocolat chaud, comme l'autre nuit. Émerencienne était en pleine cuisine. Tous avaient l'air absolument heureux.

Et puis, tout à coup, il y a eu ces images atroces. Un énorme engin, je ne sais pas ce que c'était, une sorte de locomotive ou de bulldozer monstrueux, je ne sais pas, renversé sur la maison verte. Éventrée, désossée, massacrée.

Et le hurlement.

Le hurlement sauvage qui déchire les entrailles. Et tu as envie qu'il te déchire aussi pour être morte avec eux.

Je me suis réveillée, le cœur à cent à l'heure. Je ne veux pas. Je ne veux pas revivre ça, je ne veux plus y penser, jamais. J'ai senti mon Bertin qui gigotait dans mon ventre, et puis ma Madalen collée contre moi pour notre câlin du matin. J'ai senti l'odeur du chocolat chaud monter du rez-de-chaussée. Dans l'un des deux crapauds, j'ai vu Dumontine, recroquevillée autour de son gros ventre, pleurer à gros bouillon. Et, dans celui d'à côté, sa sœur, fantôme de douleur.

Ensuite, je ne me souviens plus très bien. Je crois que j'étais au milieu des nuages et des rires d'enfants. La musique prenait toute la place. Une suite, très belle, dont j'ai reconnu la structure mais pas la mélodie. Je l'ai sentie entrer dans mon corps, m'envahir, me réparer. Je l'ai sentie vibrer à l'intérieur de moi, et aussi à l'intérieur d'elle. Partout. Même par-dessus les immondes vibrations de la circulation.

Il n'y avait plus que cette musique. Et la joie.

5

Je ne sais pas combien de temps j'ai dormi. Quand j'ai ouvert les yeux, il faisait nuit. Et froid. J'ai remis du bois dans le poêle, allumé la petite lampe rose qui fait une lumière si douce, et je suis retournée au creux de mon lit, bien au chaud. J'ai composé le numéro sans réfléchir. Je n'avais pas peur, seulement hâte. Ça a sonné longtemps. Il a fini par décrocher. Sans rien dire. Je n'arrivais pas à parler non plus.

J'ai entendu son souffle, et je l'ai reconnu. J'ai entendu ses larmes aussi. Je savais qu'il pleurait, j'ai pleuré avec lui.

À un moment, j'ai dit :

— J'ai trouvé un violoncelle.

— Un violoncelle ?

Sa voix. Et un énorme tsunami qui se déchaîne à l'intérieur de moi.

— Tu as trouvé un violoncelle ?

Il s'est mis à rire, d'abord timidement. J'ai reconnu son rire et j'ai senti le mien monter par-dessus le tsunami. Alors il a ri plus fort, et on s'est retrouvés tous les deux à rire comme des fous.

On s'est retrouvés tous les deux.

Et on a ri.

On est fous.

Après, tout s'est enchaîné très vite. On n'a pas du tout parlé d'eux, ni de nous. Je lui ai parlé d'elle : les travaux, la peinture, la tempête de glace, les couleurs déjantées d'Alfonsine et les noms à coucher dehors de toute sa smala. Il m'a dit que, là-bas, tout le monde allait bien, les parents, les amis, les voisins. Qu'il avait beaucoup de travail à l'atelier et qu'il avait fait la connaissance d'un altiste extra que j'adorerais sûrement quand je le rencontrerais.

Je crois que c'est lui, à un moment, qui a remis le violoncelle dans la conversation.

— C'est le violoncelle du grand-père.

— Du grand-père de qui ?

— C'est pas très clair. En fait, d'après les papiers que j'ai trouvés, ce serait plutôt le violoncelle de la grand-mère.

— La grand-mère ?

— Oui, la grand-mère des jumelles. Elle s'appelait Kervella, comme moi. C'est sûrement par elle que le notaire est arrivé jusqu'à moi. Cécile Kervella. Ça te dit quelque chose ?

— Je ne sais pas. Elle était violoncelliste ?

— Et pas qu'un peu. Il y avait des affiches dans les papiers de Dumontine : elle a donné un paquet de concerts à Montréal, un peu partout au Canada, et même à New York, dans les années 70-80. 1870-1880, je veux dire.

— OK. Et ce violoncelle, il est comment ?

— Une bombe. Je pense qu'il n'avait pas joué depuis une éternité. J'ai dû changer les cordes et racheter un archet. Il aurait besoin que tu lui refasses une beauté, mais tu entendrais ce son… Sublime !

— Tu t'es remise à jouer, alors ?

— Pas encore. Enfin, un peu. Enfin, non, juste pour l'essayer. Mais là, je crois que je n'ai pas le choix. Il est vraiment extraordinaire.

Je me suis tue, et il s'est tu aussi. Le silence était comme une caresse. J'ai eu peur qu'elle s'arrête. Et qu'elle continue.

— J'ai trouvé des partitions aussi. Ça a l'air pas mal, il faut que je les déchiffre. C'était Armand qui composait.

— Armand ?

— Armand Colère, le mec de Dumontine. Elle se tapait son prof, figure-toi. Ça te rappelle rien ?

— Ha ha ! Très drôle.

— Il y a deux pièces de lui qui semblent assez prometteuses. Une suite qui s'appelle *Conter fleurette à Fleurette*.

— C'est qui, Fleurette ?

— Ça, je ne sais pas. Mais ce que j'ai vu de la partition me parait bien chouette. Et puis il y a des *Variations pour ma belle Poussière*. J'ai hâte d'entendre ça.

— Ma belle poussière ?

— C'est le surnom de Dumontine. Comme son nom de famille, c'est Poussier, les enfants de l'école l'appelaient « la Poussière ».

— Pas très sympa.

— Ça lui plaisait, à elle. Et surtout à lui. J'ai retrouvé des lettres enflammées adressées à « ma Poussière d'étoiles ». Il était raide dingue, on dirait.

— Ça arrive à des gens très bien.

— Je ne te le fais pas dire.

Il a enchaîné avant que je m'empêtre :

— Il doit être vieux alors, ce violoncelle ? Il est signé ?

— Il est sûrement très vieux. Oui, il est signé, mais l'étiquette est abîmée. Je n'ai pas réussi à la lire.

— Tu pourrais prendre une photo et me l'envoyer. Je reconnaîtrais peut-être.

— J'en ai pris plusieurs, mais c'est quasiment indéchiffrable.

— Envoie quand même.

— OK.

Évidemment, comme je suis une bille avec ce téléphone, j'ai raccroché sans le faire exprès en lui envoyant les clichés. C'est lui qui m'a rappelée.

— T'es assise, là ?

— Non, je suis couchée.

— Vaut mieux. Écoute, je ne suis pas sûr, mais je crois que c'est un Grand Père.

— Un grand-père ?

— C'est le nom donné aux instruments fabriqués par Charles-François Gand, un célèbre luthier parisien du milieu du dix-neuvième siècle. Quand ses fils ont pris sa succession, ils ont signé leurs instruments « Gand Frères ». C'est pourquoi on appelle les siens « Gand Père ». Et par déformation, c'est devenu « Grand Père ».

— Ah d'accord ! C'est sûrement pour ça que Dumontine l'appelait « le violoncelle du grand-père ». Ça a dû rester dans la famille, sans que personne ne se souvienne de l'origine. C'est précieux ?

— Tu plaisantes ? C'est hyper rare ! Tu m'étonnes qu'il soit sublime.

— Bon, je ne peux pas le confier à n'importe quel luthier, donc...

Il s'est encore tu un long moment. À sa place, je me serais tue aussi. Alors que nos retrouvailles étaient si légères, si douces, si joyeuses, je venais de le mettre, en une phrase, au pied d'un mur qu'il n'avait pas à gravir.

Je ne savais plus quoi faire. J'ai senti la panique me gagner. J'étais sur le point de raccrocher, mais quelque chose d'impalpable m'en a empêchée. Une onde de chaleur et de tranquillité. Une bouffée de sagesse et d'amour.

C'était elle, j'en suis sûre, qui me prenait dans ses bras pour m'empêcher de faire l'erreur de ma vie.

J'ai rassemblé tout le courage qui me restait et je me suis entendue dire ce que je n'aurais jamais cru être capable de dire :

— S'il te plaît, aide-moi.

Il a poussé un énorme soupir, et j'ai soupiré à mon tour. On était aussi soulagés l'un que l'autre, je pense.

Et puis il a dit, avec une invraisemblable tendresse :

— La meilleure solution, c'est que tu ailles le montrer à un luthier. À Montréal, il y a Carol, que je connais depuis longtemps et qui fait du super boulot. Je vais t'envoyer ses coordonnées. Une fois qu'on saura à quoi s'en tenir, tu décideras si tu veux le lui confier à lui ou si tu préfères que ce soit moi.

— Je préfère que ce soit toi.

On a raccroché sans se dire au revoir, parce que ça n'avait aucun sens de se dire au revoir, mais on n'a trouvé ni l'un ni l'autre quoi se dire à la place. Je suis descendue dans la cuisine recharger le fourneau et me chercher un truc à manger – je crevais de faim, après tous ces chambardements. Le temps d'ouvrir la dernière boîte de chaudrée de mactres que je gardais pour une grande occasion et de me faire griller quelques croûtons, je recevais sur mon téléphone un texto avec les coordonnées d'un certain Carol, luthier à Montréal. Accompagné d'un petit : « Je t'embrasse ? Louis »

Évidemment que tu m'embrasses, gros malin. Mais tu ne vas pas commencer à demander la permission…

Cette fois-ci, j'étais vraiment épuisée. J'ai mangé ma chaudrée et je suis retournée me coucher. J'ai dormi comme une masse.

Le lendemain matin, je me suis réveillée en pleine forme. Un nouveau message m'attendait : « Je t'ai envoyé un mail à propos de Cécile Kervella. Si le cœur t'en dit, et seulement si, ouvre-le. Louis » Là, comme ça, au réveil et à jeun, ça ne me disait trop rien.

Elle s'était bien refroidie durant la nuit. Je me suis fait couler un bain et, pendant que la baignoire se remplissait, j'ai fait la tournée des poêles en m'excusant de l'avoir un peu négligée au cours de ces dernières heures.

Enfouie dans l'eau bien chaude, j'ai pris le temps de lui expliquer où j'en étais. Enfin, où je croyais en être, à peu près. Faut pas s'imaginer que c'est simple de se retrouver, après une si longue et horrible traversée. Il ne suffit pas d'un claquement de doigts, d'un coup de fil, et hop, tout repart comme avant.

— Après tout, pourquoi pas ? Ce n'est pas si simple, mais ça l'a été quand vous vous êtes reparlé, hier. Non ? Ou peut-être pas simple mais quand même assez évident, il me semble ?

— Se reparler, c'est une chose, mais se revoir, qu'est-ce que ça pourrait donner ? Comment on se retrouverait, tous les deux, les yeux dans les yeux, sans nos petits au milieu ?

— Ils seront *toujours* au milieu. Et ça ne vous empêchera pas de continuer à vous aimer, tous les deux.

— Nous aimer, d'accord. Mais vivre ? Vivre où ? Vivre quoi, comment, pourquoi ?

— Si on devait attendre d'avoir toutes ces réponses pour commencer à vivre, on ne vivrait pas souvent.

Il m'a fallu un moment pour réaliser que j'étais en train de discuter avec elle. Non seulement je parle avec une maison, mais en plus elle me répond ! Sans vouloir l'offenser, je nous ai annoncé qu'il était temps pour moi de sortir du bain. Et peut-être de cette histoire aussi...

Je me suis préparé un méga petit déj et, pendant que le pain doré dorait, j'ai appelé le luthier. Je n'ai rien eu à expliquer : Louis s'en était chargé. Ça m'a bien soulagée. Carol m'a proposé de passer le voir en fin de matinée ou en début d'après-midi.

— Parfait. À condition que je trouve un taxi qui accepte de venir me chercher jusqu'ici. Ça circule comment dans Montréal ?

— Y a encore beaucoup de congestions, mais on peut y arriver. Veux-tu que je t'envoie mon chum, qui fait taxi ? Il a un grand char, ce sera facile pour le violoncelle.

— Ce serait formidable. Je serai prête dans une demi-heure, et je l'attendrai le temps qu'il faudra.

— Presse-toi pas, et oublie pas ta tuque et tes mitaines. Il fait toujours bien frette tantôt !

En préparant mes affaires pour affronter l'extérieur, j'ai essayé de calculer depuis combien de jours je n'avais pas franchi la porte. Et puis j'ai arrêté. Ça aurait servi à quoi ? Tout ce que je sais, c'est que quand je suis arrivée, en juin, c'était plus simple d'entrer et de sortir qu'avec cette neige et cette glace autour de nous. Ça ne m'a pas empêchée pour autant de rester enfermée durant tout ce temps.

J'ai récupéré dans le coffre à musique de Dumontine les partitions de son Armand et je les ai glissées dans l'étui du violoncelle. Oui, c'est un peu crétin, mais je n'avais pas envie qu'ils soient séparés.

Et puis je me suis installée dans la cuisine, sur la chaise à bascule bleue, bien collée au fourneau. C'est là que je me suis souvenue du message de Louis. En attendant mon taxi, j'avais le temps de jeter un coup d'œil à son mail. Juste pour voir...

Mon Estelle,

Je ne te l'ai pas dit hier, mais je sais qui est Cécile Kervella. Tout est dans le dossier du généalogiste que nous a remis le notaire et que tu n'as pas voulu ouvrir. Si tu veux, en voici les grandes lignes. Tu vas voir, c'est un festival...

Cécile est la sœur cadette de ton arrière-arrière-grand-père, Gurvan Kervella (il n'y a pas que là-bas qu'ils ont des noms à coucher dehors !). Ils sont nés tous les deux à Berringue, un lieu-dit sur la ria d'Étel, dans la commune de Plouhinec, Morbihan. Pas loin de chez nous finalement, mais je ne connaissais pas. J'y suis allé : il y a un magnifique moulin à marée, c'est sublime.

Cécile avait visiblement un sacré carafon. À 16 ans, elle s'est retrouvée à Paris pour travailler le violoncelle. À l'époque, c'était un exploit pour une fille. Son père était luthier, figure-toi ! Ça a dû aider.

Elle s'est mariée à la mairie du IIe arrondissement le 15 février 1871 avec un certain Zéphyr Binette (si, si, je te promets !), commerçant, né à Oka, au Québec, et elle est partie vivre avec lui. Elle avait 20 ans. C'est là-bas qu'elle a commencé sa carrière. En 1886, ils ont eu une fille, Alfonsine, qui est née à Oka, quelques jours avant la mort de Cécile. Tu te rends compte ? Elle avait 35 ans... Elle a dû mourir en couches.

Alfonsine Binette s'est mariée en 1910 avec Viateur Poussier, entrepreneur. Ils ont eu des jumelles, Émerencienne et ta Dumontine, qui sont nées le 17 mai 1912. C'est sûrement elle qui a récupéré le violoncelle de sa mère. Et l'a transmis à sa fille.

Émerencienne était couturière. Elle s'est mariée en 1932 avec un ébéniste, Eusèbe Guindon, et ils ont eu une petite fille, Séraphine, qui est née le 21 juin 1938.

Dumontine, elle, ne s'est jamais mariée, mais elle a eu une petite Fleurette le 28 août 1941. Le père, c'est Armand Colère.

Chez eux aussi, il y a eu un drame, mon amour. C'est pour ça que je n'ai pas osé t'en parler hier. Je ne sais pas très bien ce qui s'est passé, mais Eusèbe, Séraphine et Armand sont morts tous les trois le 26 août 1941. Et Fleurette deux jours plus tard. Quelques heures après sa naissance.

Quand je l'ai découvert, ça m'a bouleversé. J'aurais aimé être avec toi pour te le dire, mais je n'ai pas trouvé comment faire et je ne voulais pas que tu l'apprennes par quelqu'un d'autre.

Je sais que tu ne connais pas tous ces gens, mais tu en parles avec tellement de tendresse que j'ai l'impression que tu les connais quand même. Peut-être que ce violoncelle est le cadeau qu'ils te font pour te remercier de les avoir sortis de l'oubli…

Je t'embrasse, donc. Sans permission, mais avec beaucoup d'espoir.

Je t'aime.

Louis

Ça aurait dû me faire voler en éclats, mais non. C'est le contraire qui s'est produit : ce mail m'a réconfortée. J'ai senti autour de moi toutes ces aïeules bienveillantes et j'ai compris pourquoi. Elles savent, elles. Et même elle, remplie d'elles, qui m'a portée et a pris soin de moi quand personne d'autre n'en était capable. Même pas Louis. Même pas moi.

J'avais le temps, puisque le taxi n'arrivait pas. J'ai eu envie de la visiter une fois encore, de fond en comble. Ou tout simplement de la visiter enfin, maintenant que je savais qui elle est. Je suis passée de pièce en pièce en m'attardant sur les détails, comme on parcourt un corps aimé, avec désir et volupté. Tendresse. Émerveillement.

Je me suis imprégnée de l'harmonie de ses volumes, modestes et généreux. J'ai laissé mes doigts suivre la rondeur des moulures le long des murs. L'ovale doux et usé des poignées de porte en cuivre, que j'avais pris plaisir à faire briller cet été. L'arrondi des chambranles des portes et des fenêtres, les mêmes que celles que j'avais tant aimé contempler durant nos balades à Barcelone, Berlin et Strasbourg, avec Louis. J'ai regardé les rayons du soleil attraper le bord biseauté du miroir surplombant la cheminée du salon et se diffracter en arc-en-ciel sur la rosace du plafond. Et l'ombre du voilage en dentelle de la porte de la cuisine dessiner un feston délicat sur la crédence, au-dessus de l'évier. La géométrie des carreaux du sol de l'entrée, dont je n'avais pas pris la peine d'observer la subtile complexité.

J'ai senti le bois de la sixième marche de l'escalier ployer légèrement sous mon pas et écouté comme jamais le discret grincement qui l'accompagne. Je suis retournée chatouiller les petites étoiles secrètes d'Armand sur le barreau du haut, et elles m'ont à leur tour chatouillé le cœur. Et puis l'émail craquelé du lavabo de la salle de bains, comme des petites veines sous une peau trop fine. Et celui légèrement nacré de mon cher Ladouceur, le si bien nommé. Dans les beaux rideaux Art déco, complètement passés mais encore tellement élégants, j'ai reniflé son odeur à elle, si particulière, un mélange de vieux livres et de pain d'épices, d'encaustique et de poudre de perlimpinpin.

J'ai regardé par ses fenêtres son jardin englouti sous la glace qui brillait au soleil. Grand ciel bleu. Elle baignait dans la lumière, comme aux plus beaux jours d'été, quand elle était grande ouverte et que je lui refaisais une jeunesse.

Je l'ai touchée, caressée, respirée. J'avais envie de la remercier, parce que je crois bien qu'elle m'a sauvé la vie. Qu'elles m'ont sauvé la vie, toutes : Dumontine, Émerencienne, Alfonsine, Cécile…

J'allais sombrer dans un bon gros moment de gnangnanterie quand le taxi a klaxonné. Pour les remerciements, on verra plus tard. Manteau, bottes, moufles, écharpe et une « tuque » pour obéir à Carol. Le chauffeur a récupéré le précieux étui pour l'installer dans le coffre, puis il est revenu me prêter son bras pour m'aider à marcher sur la glace jusqu'à la voiture.

— Y fait frette, hein ?

Sur son tableau de bord, l'écran affichait - 13 °F. Comme tu dis, mon gars, il fait frette !

À travers la vitre du taxi, j'ai découvert ce qu'est un déluge de verglas : somptueux et tragique. Des poteaux effondrés, des arbres cassés en deux, le paysage entier figé sous une extraordinaire chape bleu glacé scintillant au soleil. À la radio, les animateurs égrenaient les conséquences de la catastrophe : les secours et l'armée sur les dents, Hydro-Québec en alerte maximale, les centres communautaires, les églises et les écoles ouverts aux naufragés. J'ai été protégée de tout ça. Elle m'en a protégée, bien au chaud entre ses murs.

On a fini par arriver chez Carol, sur le vieux port de Montréal. Son atelier avait la même odeur que celui de Louis.

C'est un amour, cet homme-là. Je ne sais pas ce que Louis lui a dit de moi, mais il a été prévenant et doux. Souriant. Accueillant. Chaleureux. Les gens de ce pays ont le cœur grand ouvert, on dirait.

Dès que j'ai soulevé le couvercle de l'étui, ses yeux se sont mis à briller. Il a été ému aux larmes par la beauté du violoncelle. Je le comprends. Moi aussi, il m'a bouleversée une fois encore.

— Voudrais-tu en jouer un peu, s'il te plaît ?

J'aurais pu lui faire un petit coup de Bach, mais c'est *Alfonsina* qui m'est venue. Il ne s'y attendait pas, moi non plus. On l'a laissée courir, tous les deux. C'était magnifique.

— Wô, wô, wô ! Ça paraît que t'as trouvé un trésor.

— Oui. Tu n'imagines pas à quel point !

Je l'ai laissé faire son boulot. Il s'est précipité sur l'ouïe de gauche avec une mini-lampe de poche très puissante pour tenter de déchiffrer l'étiquette.

— Tabarouette, je crois qu'il avait raison, ton Louis...

— C'est un Grand Père ?

— Certain ! Je vois le A, le N et le D du nom de famille. Et puis « sique du ro » : ça, ce doit être le reste de « luthier de la musique du roi ». Après, on peut lire « tits Champs n° 2 ». C'est l'adresse : il était situé 24, rue Croix-des-Petits-Champs. Tu connais-tu cette rue à Paris ?

— Oui, je vois très bien.

— C'était là, son atelier. J'ai cherché sur Internet. J'ai même trouvé des étiquettes, je te montrerai. Et, sur la dernière ligne, on peut voir le « Pa » de Paris, et une date écrite à la main – c'était toujours comme ça qu'ils faisaient. 183 quelque chose, mais j'arrive pas à lire le dernier chiffre, l'encre a pâli. Il en a fabriqué jusqu'en 1845. Donc on est sûrs que c'est lui.

Il a appelé Louis. Ils étaient excités comme des mômes qui ont trouvé un trésor. Normal, c'était le cas. Après avoir passé en revue toutes leurs questions de luthier, Carol m'a tendu le téléphone :

— Veux-tu lui parler ?

C'était trop pour moi. Trop d'informations, trop d'émotions, trop de mots. J'avais envie de calme et de silence. J'avais envie de la retrouver, elle, et qu'elle me prenne de nouveau dans ses bras.

Il a compris. Il a rappelé son ami taxi. Reposé le violoncelle dans sa boîte, au milieu du velours rose de Dumontine, comme on couche un bébé dans son berceau. Au moment de partir, il m'a serrée contre lui avec une immense gentillesse.

— Prends soin de toi. Et si tu as besoin de moi, pour le Grand Père ou pour autre chose, je suis là. C'est un grand chum, Louis, sais-tu ?

Il nous a fallu du temps pour quitter le centre-ville. La nuit commençait à tomber. Peu de rues étaient déglacées, et celles qui étaient dégagées étaient engorgées par la circulation. « Congestionnées », comme disait la radio. Au bout d'un moment, le chauffeur a senti que tous ces bavardages me fatiguaient. Il a changé de station. La voix douce et rocailleuse d'un chanteur d'ici. Bel accent, mots étranges et poétiques. Je n'ai pas tout compris, mais j'ai attrapé au vol cette phrase qui s'est mise à tourner dans mon cerveau : « Oh, oh, quel est ce petit bruit ? Un débris de baiser fracassant la mémoire d'un passant, là, dans l'existoire. » J'ai fermé mes paupières pour laisser mon esprit danser sur l'air de tango. Je crois même que j'ai dormi un peu.

— Calvince, on est dans le trouble.

Quand j'ai rouvert les yeux, il faisait noir dehors. Enfin, aussi noir que le permettaient les phares des centaines de voitures coincées sur le Métropolitain.

— On est presque rendus, mais y a une grosse congestion. À mon avis, y a un accident. J'ai vu passer les secours sur la voie de service, mais comme elle est pas dégagée, ça prend du temps.

— Alors on va attendre. On ne peut rien faire d'autre, n'est-ce pas ?

— Ben non. À part tenter de faire demi-tour à la prochaine sortie.

On a attendu, donc. Longtemps avant de pouvoir recommencer à avancer, lentement. À un moment, au loin, on a aperçu les gyrophares des pompiers, et puis les flammes hautes d'un énorme brasier. Mon cœur s'est mis à battre la chamade, et j'ai compris.

C'était elle.

Elle était en train de brûler.

6

Ce qui s'est passé les heures d'après, je ne m'en souviens pas très bien. Quand il a compris, le chauffeur a fait demi-tour dès qu'il a pu et m'a ramenée chez Carol. Sa femme, Geneviève, s'est occupée de moi avec beaucoup de douceur pendant qu'il appelait la police, les pompiers, Louis et je ne sais qui.

Moi, je ne voulais parler à personne. Je n'aurais pas su quoi dire.

Geneviève m'a proposé de prendre un cachet avec ma tasse de thé, et j'ai fini par m'endormir. Pour longtemps. Très longtemps. C'était ce que j'avais de mieux à faire, je crois.

Ensuite, Louis est arrivé, et c'était si parfait qu'il soit là, avec moi.

On s'est installés juste à côté de l'atelier, dans un magnifique appartement avec vue sur le fleuve, prêté par des amis de Geneviève et de Carol. Tout était complètement gelé. Aucun bateau ne pouvait circuler, mais c'était très beau, ce qu'on voyait à travers les baies vitrées. Je suis restée des heures à regarder passer l'hiver et fumer les cheminées de la berge d'en face, pendant que Louis et Carol passaient des heures dans l'atelier, à offrir une nouvelle jeunesse au Grand Père.

Je n'allais ni bien ni mal. J'étais seulement là. Vidée. Je reprenais des forces dans ce somptueux silence, devant ce fleuve extraordinaire.

Un jour, Louis est rentré avec lui. Il était beau comme un jeune homme. En fait, non. Il était beau comme un vieux monsieur élégant, tiré à quatre épingles.

J'ai attendu quelques jours supplémentaires avant de pouvoir le reprendre contre moi. Et puis, à un moment, ça a été le moment.

Ce violoncelle est un enchantement. On a pris le temps de faire connaissance, lui et moi.

Quand j'ai commencé à me sentir mieux, j'ai ouvert les partitions d'Armand et j'ai travaillé ses *Variations pour ma belle Poussière*. C'est joyeux, coloré, tendre, délicat. Étoilé. Exactement elle.

Le premier jour du printemps, je suis retournée la voir avec Louis. Il n'était pas bien sûr, mais moi, j'en avais besoin. Un immense tas de cendres et de ruines, exactement comme chez nous, la neige en plus. Comme une grande pyramide de charbon au milieu du blanc éclatant de la belle poudreuse tombée durant la nuit. J'ai fait le tour, en farfouillant un peu dans les gravats, du bout de mes bottes fourrées. Louis m'a demandé :

— Tu cherches un nouveau trésor ?

Et, juste à cet instant, je l'ai trouvée. Je l'ai reconnue tout de suite : la petite plaque de cuivre de mon Ladouceur, noire de suie. Et tout à côté, comme posée exprès pour que je la voie, la boîte à malheurs, béante et complètement vide. Je l'ai récupérée. Remplie d'une grosse poignée de cendres. Glissée dans mon sac. Et puis on est rentrés se mettre au chaud.

Quand le fleuve a dégelé et que le printemps a enfin gagné, j'ai senti que ça y était, j'étais prête. Un jour de grand beau temps, on est allés à Oka, Louis et moi. C'est une jolie petite ville entourée de milliers de pommiers, à une cinquantaine de kilomètres de Montréal, au bord de la rivière des Outaouais. Les arbres étaient en fleurs, on se serait crus dans un nuage.

À quelques bordées de l'énorme église – mais qu'est-ce qui leur a pris de construire de si grosses églises, même dans les villages les plus minuscules ? –, on a déniché le vieux cimetière. Tout petit, parfaitement bien entretenu, accueillant comme un jardin. En lisant les noms sur les pierres tombales, j'ai retrouvé l'univers de Dumontine. On l'entendait presque faire l'appel dans sa classe : Orphyr Hussereau, Domethilde Lajeunesse, Azilda Saint-Jacques, Ozela Patrie, Eufrasille Seguin, Ubald Lafrance... Et même, sur une stèle toute blanche légèrement de guingois, une Marie-Délire Lamort qui nous a fait pleurer de rire.

Le caveau d'à côté, c'était le leur. Tout blanc lui aussi. Les noms gravés dans la pierre avaient dû être peints en noir, mais la peinture était partie. Il a fallu s'approcher beaucoup et les toucher du bout des doigts pour réussir à les déchiffrer.

Ils étaient tous là, bien rangés de haut en bas. Au sommet de la pyramide, Cécile Kervella et Zéphyr Binette. Puis Alfonsine Binette et Viateur Poussier. Émerencienne Poussier-Guindon, Eusèbe et Séraphine Guindon. Et, enfin, Dumontine Poussier, qui n'a jamais pu épouser son Armand Colère, pourtant présent lui aussi, avec leur Fleurette Poussier-Colère.

J'ai sorti le Grand Père de son étui. Au passage, j'ai caressé la petite plaque de mon Ladouceur, que Louis a vissée, bien cachée, à l'intérieur du couvercle. Je me suis assise sur la tombe de Marie-Délire Lamort et j'ai joué pour eux. Les *Variations pour ma belle Poussière* et la *Suite pour conter fleurette à Fleurette*. Quand j'ai eu terminé, on a déposé contre la pierre, en bas de la pyramide, la plaque que j'avais fait graver dans du granit blanc, avec trois petites étoiles dans un coin.

Madalen Cado-Kervella
2 mars 2013-24 décembre 2016
Bertin Cado-Kervella
25 décembre 2016

J'ai vidé les cendres de la boîte à malheurs au pied de la tombe pour qu'elle soit avec eux. Et puis on a filé jusqu'à l'aéroport et on a pris l'avion pour rentrer chez nous.

Les enquêteurs ont dit que c'était sûrement l'un des poêles qui s'était embrasé. Ou le circuit électrique, trop vieux, qui avait produit une étincelle avant que, *pschitt*, tout parte en fumée.

Ils n'ont rien compris. Ils ne peuvent pas imaginer que c'est moi qui l'ai décidé.

J'étais prête, et c'était la seule solution.

Je voulais en être certaine, alors, quand elle est partie avec le Grand Père, j'ai fait venir Cécile, Alfonsine, Émerencienne et Dumontine pour leur expliquer mon projet. Elles étaient d'accord. Le mieux pour Estelle, c'était de construire autre chose, ailleurs, loin de toute cette follerie et de ces malheurs. Les maisons, c'est fait pour abriter, pour habiter. Pas pour encombrer, peser, et rendre la vie invivable.

Après, ça a été très simple. Il a suffi que je lâche.

J'ai laissé circuler à l'intérieur de moi toutes ces vibrations que j'avais retenues pendant si longtemps. Et celles qu'elle est venue réveiller, et qui m'ont tellement inquiétée au début. J'ai arrêté de m'en protéger, complètement, et j'ai senti que ça commençait à étinceler.

Alors j'ai convoqué les prodiges de ces dernières heures : leurs retrouvailles, à tous, au milieu de l'odeur de chocolat chaud. Les deux petites filles penchées sur les berceaux-nuages des deux nouveau-nés. La nuit du violoncelle sous le regard de Cécile. Et celle d'après, quand Estelle est revenue à la vie rien qu'en parlant au téléphone depuis le creux de son lit.

Liberté. Terminé. Nettoyée. Yééé yééé yééé...

Mon ultime image, ça a été ce moment merveilleux où elle m'a enfin visitée, pour vrai, remplie de tout ce qui nous liait, elle et moi. L'amour crépitait partout en moi. J'ai senti que je pouvais laisser faire, sans regrets.

Tout est allé très vite.

Je me suis passée au feu. C'était un feu de joie.

Saint-Cado, le 27 juin 2019

Merci...

aux maisons qui m'ont prise dans leurs bras tout au long de ma vie. Et plus particulièrement à la maisonnette de Beg en Trech, mon si précieux refuge, et à Nicole et Jean-Pierre, grâce à qui je peux m'y lover,

à Ma Deleine et Pierre, mes âmes québécoises,

à mes chers bienfaiteurs, ceux que j'ai remboursés et ceux qui attendent encore,

à Héloïse et Marion, pour leur regard providentiel de violoncellistes,

à Anne-Charlotte pour sa ténacité, Hélène pour son enthousiasme, Delphine pour sa délicatesse et ses circonflexes,

à vous tous, mes amis et mes lecteurs, qui avez cru en moi quand je n'y croyais plus.

« L'amour gagne souvent ! »

13794

Composition
NORD COMPO
Achevé d'imprimer à Barcelone
par CPI Black Print
le 3 avril 2023

Dépôt légal avril 2023
EAN 9782290376447
OTP L21EPLN003320-447383

ÉDITIONS J'AI LU
82, rue Saint-Lazare, 75009 Paris

Diffusion France et étranger : Flammarion